UN RÊVE D'AMOUR

ISBN : 978-2-36956-368-6

Catherine Hermary-Vieille

UN RÊVE D'AMOUR
MARIE D'AGOULT ET FRANZ LISZT

Éditions Intervalles

MARIE

Mai 1835

Un départ définitif, une fuite, un vertige. Officiellement je rejoins ma mère pour quelques semaines en Suisse, en réalité je vais pour toujours lier ma vie à celle de Franz Liszt. Il a huit ans de moins que moi, c'est un pianiste de génie, il est beau, il m'aime.

Aucun regret. Je laisse derrière moi mon mari, ma fille de six ans, mon hôtel particulier quai Malaquais, mon château de Croissy. Y étais-je attachée ? Sans doute par la force de mes habitudes conformes en tout point aux conventions mondaines : je tenais un brillant salon. S'y pressaient la fleur de l'aristocratie, des philosophes, quelques scientifiques. Pas de romanciers, suspects d'avoir une conduite douteuse. Sauf Chateaubriand et Lamartine. Victor Hugo, à qui ma porte ne serait pas restée fermée, n'était pas intéressé par ces aéropages mondains. On y parlait cependant littérature, évoquait Musset, son génie et ses extravagances qui devaient tant faire souffrir la digne madame de Musset sa mère. On la raillait.

Notre roi bourgeois Louis-Philippe n'était guère apprécié, on se préoccupait de la situation politique qui était très tendue. Le trône était resté attaché aux Bourbon, comme ma famille, les d'Agoult, des serviteurs fidèles du roi. Mais les Bourbon, on le savait, avaient peu de chances de remonter sur le trône de France

J'écoutais, je me sentais ailleurs, loin, dans un monde que je ne pouvais pas définir, un monde où les vanités n'avaient guère d'importance pour moi, pas davantage que pour mes amis.

Ma fille aînée Louise est morte dans mes bras, et Claire sa cadette a été mise au couvent à six ans. Je ne supportais plus ses éclats de rire. Je ne supportais plus rien. Et Franz est entré dans ma vie. Hongrois, installé depuis peu à Paris, c'est un génie qui vint donner plusieurs récitals chez moi avant que je devienne sa maîtresse. Il comblait l'immense vide que j'avais en moi. Nous nous sommes retrouvés d'abord en secret dans un petit appartement loué par lui, « notre trou à rats ». Mes sens n'étaient pas éveillés encore, mais mon amour flambait sous ses mains d'artiste.

Je regagnai ma demeure et ma famille comme une somnambule et devais faire un effort surhumain pour maintenir une vie sociale, des rapports aimables avec mon mari, demeurer la jolie jeune femme si bien mariée après sa sortie du couvent.

Je suis à moitié allemande par ma mère, peut-être est-ce cette partie germanique qui s'est emparée de moi. Les dames de la meilleure noblesse qui fréquentent mon salon me semblent pitoyables, leurs conversations dérisoires. Je suis folle amoureuse. Aucune parcelle de mon passé ne me retient je quitte tout, j'abandonne tout à jamais.

Chaque tour de roue de la voiture qui m'emporte écrase mon passé. Je m'envole. En face de moi ma femme de chambre, à côté du cocher un jeune domestique. Certes je suis consciente de ma fragilité mentale, due à un atavisme maternel, mais jamais je ne me suis sentie aussi forte.

Maman qui m'attend à Bâle ne sait rien, ne se doute de rien. Je dois lui parler dès que possible mais il me faudra attendre un peu pour ne pas l'abattre. Elle a tant voulu mon mariage avec Charles d'Agoult.

Et à deux pas de là, Franz m'attend à l'hôtel de la Cigogne. Je ne peux pas le faire patienter trop longtemps. Il faut que j'avoue tout à maman. Il le faut. Parfois, dans la voiture, je ferme les yeux. Tout est déjà si lointain. Que vais-je trouver au bout du chemin ?

FRANZ

J'ai enlevé la comtesse d'Agoult. C'était le souhait de Marie, et sans doute le mien aussi. Nous sommes très amoureux l'un de l'autre et voulons désormais partager nos vies. Assez de mensonges, assez de cachoteries, assez de « trous à rats ». Si je me trompe, je mets en jeu son avenir et le mien.

Marie est à cent pas, à l'hôtel des Trois Roses avec sa mère. Elle ne lui a encore rien dit. Elle n'ose pas. Je la harcèle, elle tombe dans mes bras en pleurant. Elle ne me demande qu'un jour ou deux de patience, peut-être moins. Demain matin

Je dors mal, l'anxiété, l'émotion aussi. Je ne cesse de guetter sa venue par la fenêtre. Elle doit venir, elle va venir.

Dans mes nuits d'insomnie je pensais bien sûr à ma carrière. Je dois pour le moment la mettre entre parenthèses. Ensuite je verrai.

Je pense aussi au père Lamennais, mon ami, mon conseiller spirituel qui a désapprouvé sans restriction ma décision. Je commets, il en est sûr, une folie que je regretterai. Marie est une aristocrate, elle a sept ans de plus que moi, un mari, une fille encore vivante qui peut ne jamais revoir sa mère. Belle ? Peut-être. Ses traits sont sans douceur, sa maigreur exagérée, mais elle me plaît visiblement. Pourquoi ne pas la garder comme maîtresse, même si l'Église la condamne ? Un amant n'est pas le plus grand pécheur.

Je pense à ses cheveux d'un blond foncé, à son regard brillant d'intelligence, à sa grande culture. Marie parle cinq langues mais principalement l'allemand, l'anglais et bien sûr le français. La passion est un envoûtement. On s'y soumet, on espère, on attend.

Depuis la mort de mon père je n'ai pas ressenti cette vague émotionnelle qui balaye tout sur son passage. Une femme de la haute aristocratie parisienne m'aime, quitterait tout pour moi. Me l'aurait-on prédit autrefois que je ne l'aurais pas cru. Mon cher papa, qui avait quitté la Hongrie pour m'amener, encore enfant, à Vienne afin de jouir des meilleurs maîtres de musique. « Tu es un pianiste de génie, me disait-il. » « Tu es un homme inégalable et seras toujours inégalé, me souffle Marie. »

Orgueilleux ; oui je le suis autant que Marie. Mais en nous plaçant au-dessus des autres, ne nous surestimons-nous pas ?

Paris m'a tout de suite enivré. Cette ville est le centre du monde pour les musiciens. Je suis l'ami de Mendelssohn, de Chopin, du violoniste Paganini. Chopin et moi avons ensemble joué un concerto pour deux pianos. Un grand moment.

La rue est vide, Marie ne viendra pas ce soir. Si elle n'est pas auprès de moi demain matin, j'irai parler moi-même à sa mère. Certes je ne suis pas noble, je n'ai pas de fortune mais je ne supporterai aucune protestation de sa part. Marie m'appartient.

C'est elle, marchant à petits pas sous une cape légère, le visage dissimulé par un voile.

Elle est dans mes bras, elle pleure. Elle a parlé à sa mère qui a eu une crise de nerfs. Demain son domestique amènera ses bagages. Nous allons pour la première fois dormir ensemble.

Je voudrais du feu, elle m'offre de la tendresse. « Mon corps est endormi, murmure-t-elle. Laisse-lui le temps de s'éveiller. »

Je veux tout ce qu'elle veut. Nous avons la vie devant nous.

MARIE

Juin 1835

Franz et moi sommes libres ! Maman ce matin m'a fait porter un billet où il n'est écrit que deux mots : « Malheureuse enfant ».

La Suisse, des paysages enchanteurs, d'accueillantes auberges où nous dormons lovés l'un contre l'autre. Pas de futur, juste le présent. Juin est radieux dans le canton de Vaud. Quel bonheur de s'attarder au bord des lacs, de faire de longues promenades dans ce merveilleux paysage. Comme les salons parisiens, les beaux jeunes gens et les vieux pairs de France me manquent peu !

Et pour la première fois, au lac de Walenstadt, je me réveille seule. Franz est parti se promener de bon matin. Sans lui je n'ai pas le courage de me lever, de demander à ma servante de procéder à ma toilette.

Il faut que je lutte contre les larmes, Franz les déteste.

Je me fais habiller, coiffer. Il est de retour avec un bouquet de fleurs sauvages. Nous nous roulons sur le lit, ma robe est froissée, ma coiffure dévastée.

Le ciel se couvre. Nous allons lire, pour moi Vigny et Stendhal. *De l'amour* me bouleverse et je relis pour la troisième fois *Le Rouge et le Noir.*

Franz préfère la littérature allemande et me parle de ses amis musiciens, de leurs œuvres. Thalberg, un pianiste autrichien, semble conquérir Paris et cette pensée le préoccupe. Il écrit à Erard, faiseur de pianos devenu son meilleur ami. Ce monde reste une partie de sa vie. Ma vie est la sienne.

Au milieu de cette nature idyllique, tout nous unit. À Croissy, mon domaine, tout était trop parfait, trop ordonné, les massifs, le petit lac, les bosquets. Je revois Louise cueillant des fleurs. Au milieu de toute cette harmonie, sa mort fut une discordance qui me brisa.

Le soir il se coule sur moi. « Je veux te faire jouir, déclare-t-il ». Je vois son visage parfait, ses yeux, ses lèvres. Je veux être à lui. Il me caresse longuement. Je crie. « Enfin ! » dit Franz.

La Marie d'autrefois est morte. Désormais je veux faire l'amour soir et matin. Franz est heureux, moi j'ai peur de ne pouvoir respirer sans lui.

FRANZ

Été 1835

Puis-je affirmer que je suis totalement, absolument heureux ? Sans doute, mais pourrais-je l'être longtemps sans mon piano ? Je voudrais mettre notre amour en sonates.

Il m'arrive de penser en musique. Contrairement à Marie je n'ai pas tout quitté, jamais la musique ne se détachera de moi. Je n'ai pas encore vingt-quatre ans, mes ambitions sont immenses et mon amour de la musique absolu et éternel.

J'aime Marie mais elle n'est pas ma seule raison de vivre. Elle me remplit de tendresse, de l'envie de me dévouer corps et âme à elle. Humainement elle me fait donner le meilleur de moi-même. Bien que déjà célèbre, adulé par les femmes, quelque chose manquait. J'avais besoin de Marie. J'avais besoin d'inspirer de la passion. Un seul regard nous a unis. « J'ai été comme frappée par la foudre », m'a-t-elle dit.

J'avoue avoir éprouvé pour elle une immédiate et très forte attirance. Est-ce parce qu'elle était une comtesse dont le salon était recherché ? Est-ce parce qu'il émanait d'elle quelque chose qui m'ensorcelait ? Je suis enfant unique. Très jeune ma mère m'a confié à mon père pour qu'il m'emmène à Vienne. Avant Marie je n'ai pas joui de tendresse féminine. Les femmes que j'ai eues me prenaient pour se vanter de m'avoir eu. Pas Marie. Le couvent, un mariage sans amour l'avaient renfermée sur elle-même. Sa conversation était brillante mais elle ne parlait pas d'elle. C'est ce mystère qui m'a tout de suite séduit. Dans son salon, elle trônait, était une aristocrate alors que moi, comme tous les artistes que ces grands seigneurs invitent par orgueil, j'entrais dans l'hôtel d'Agoult par la porte de derrière. Lorsque je quittais les lieux, un maître d'hôtel me remettait mon dû dans une enveloppe.

Et maintenant Marie, ma Marie est à mes pieds. Nous nous promenons en une totale harmonie. Il n'y a plus d'aristocrate, plus de plébéien dont le père était régisseur des troupeaux de moutons du prince Esterhazy en Hongrie. Nous sommes un. Je parle peu de moi mais je ne lui ai pas caché qu'à onze ans lorsque je donnai un concert à Vienne, le grand, l'immense Beethoven était venu déposer un baiser sur ma joue.

Je lui contais aussi qu'à treize ans j'avais embarqué pour Londres, toujours en compagnie de mon père. Un peu plus tard c'était le retour à Paris.

Le plus souvent je marche en silence, en une quiétude parfaite, une harmonie inégalée avec la femme aimée.

Pourquoi souffre-t-elle autant lorsque nous sommes séparés, ne serait-ce que pour quelques heures ? Que craint-elle ? Dans quel gouffre de solitude a-t-elle la hantise de retomber ? A-t-elle peur de ne vivre qu'un rêve ?

MARIE

Été 1835

Je suis enceinte et l'ai su dès ma fuite de Paris. Mon enfant commence à bouger en moi, un enfant non désiré qui est de Franz mais n'est pas Franz. Un enfant de l'adultère.

Ces deux filles de mon mari furent une fatalité. Je n'ai aimé Louise que lorsqu'elle eut quatre ans, elle commençait à être intéressante. Claire est venue trop vite, deux ans à peine après sa sœur. Elle était moins jolie et se montra vite un peu pataude, sans le charme de son aînée. Je m'intéressais peu à elle. Je n'ai pas besoin de mari, d'enfants. Franz est mon univers. Mais en se donnant à moi, ne se donne-t-il pas à lui-même ?

Dès les premiers froids de septembre, nous partons pour Genève, une ville qui nous conviendra, m'a assuré Franz, mais je sens que cette cité puritaine me rejettera. Lui sera fêté, invité, convoité par des femmes. Et moi ? Enceinte ? Seule ? Notre appartement compte cinq pièces, je n'ai qu'une seule servante. Comme je suis loin de Paris !

Je me nourrirai de notre amour et il en sera certainement affamé, lui aussi. L'amour est une faim permanente de l'autre, jamais rassasiée, une excitation plus forte que l'ivresse.

J'ai eu la brève et douloureuse impression que dès la réception de son piano Erard, Franz revivait. Il a donné deux récitals et est invité, sans moi bien sûr, par la bonne société genevoise. Quand il rentre, il se montre plus amoureux que jamais. Il est heureux. Moi, je pense aux miens, et la lettre écrite par mon frère reçue poste restante me fait pleurer. Il n'y exprime pas de reproches, seulement de la consternation. Si je me risque à faire quelques pas dehors, je fais vite demi-tour. Peut-être Franz est-il rentré ? Si j'essaie de lire, le livre me tombe des mains. J'entends ses pas dans l'escalier. Il ouvre la porte et dit « Marie, enfin toi ! » Je ne peux prononcer un mot tant j'ai la gorge nouée mais mon regard exprime plus que la parole. C'est un regard qui voit le lever de soleil.

La passion est l'univers, une force qui pousse bien au-delà de soi-même, au-delà du monde. Je gravite autour de mon soleil. Qui aurait pensé que la Marie si raisonnable, si sage, si soumise puisse un jour s'échapper vers le ciel ? Mais au couvent il m'arrivait de rester à genoux de longs moments sur les pierres du sol de la chapelle. Je voulais me donner à Dieu, rentrer dans le mystère de l'Amour. Tout ce qui n'était pas l'Amour n'existait pas. J'ai accepté ce mariage parce qu'il n'avait jamais été question de sentiments. Mais dans ma société, le destin d'une jeune fille était de se marier le plus vite et le mieux possible.

À Genève je me fais quelques amis, en particulier celui qui ne nous fera jamais défaut, Adolphe Pictet fils d'une grande famille originaire de Savoie et fixé à Genève depuis le XVe siècle. Un des personnages les plus en vue dans la société genevoise. Il nous présente des gens de qualité, pas de ceux qui pincent les lèvres en me voyant ou qui me tournent le dos. Avoir été reine à Paris et être ignorée à Genève est assez mortifiant.

Voilée, j'ai assisté hier à un concert de Franz. Il n'était plus le même, il ressemblait à un dieu. C'était lui et ce n'était pas lui. Je me suis sentie, un instant, dépossédée.

Puis un de ses jeunes élèves Hermann Cohen que l'on surnomme Puzzi, un garçon charmant certes mais bien importun, vint depuis Paris rejoindre son maître, et donc s'introduire dans notre intimité. C'est un coup de poignard et Franz ne s'en aperçoit pas.

Décembre 1835

Ma grossesse touche à sa fin. Je suis lourde, laide, impatiente et ne peux plus accompagner Franz dans ses errances à travers la ville ou au bord du lac. Je m'occupe de trouver une nourrice qui prendra en charge le nourrisson dès sa naissance. Je ne me changerai pas en mère.

Pictet vient à mon aide et me trouve une opulente Suissesse ayant un bébé de quatre mois qu'elle allaite. Elle vit en dehors de la ville, l'enfant respirera un air sain.

Blandine, jolie, blonde naît fin décembre, un soir brumeux et triste. La nourrice est là qui l'emporte dès son baptême et je sens une immense tristesse chez Franz. Mais que ferions-nous d'un enfant, d'une nourrice à domicile dans notre modeste appartement ?

Les larmes aux yeux je demande à Franz : « Ne suis-je pas tout pour toi ? »

L'enfant est déclaré sous le nom de son père, j'ai donné un nom d'emprunt. Étant la femme de Charles d'Agoult, il ne m'appartiendra jamais.

Dès mon retour de couches je fais un effort surhumain pour être à nouveau élégante, joliment fardée et coiffée, parfumée, et pourtant la plupart du temps je suis seule.

Nous reprenons nos promenades, nos visites, lui ses concerts. Je lis beaucoup les philosophes grecs et latins qui m'obligent à voir plus loin que moi-même, à ne pas me perdre dans des rêveries. Je lis également Balzac, Sainte-Beuve, Alfred de Vigny, des ouvrages politiques aussi qui me font comprendre combien ma société est injuste. Franz n'ayant jamais été royaliste, nous avons de grandes discussions sur les différentes formes de gouvernement. Je me réfugie dans Montaigne.

Je revois mes quelques amis genevois, Adolphe Pictet surtout, des scientifiques et des journalistes qui écrivent des articles pour le journal de Genève. Je suis fière de pouvoir être une interlocutrice de valeur.

Franz me pousse à écrire, j'ai une belle plume et des idées intéressantes, affirme-t-il, pourquoi ne pas me prouver à moi-même qui je suis ? Mais qui suis-je en vérité ? Une aristocrate en rupture de ban, une femme ne vivant que pour l'homme qu'elle aime.

Un matin arrive une lettre de George Sand, une amie de Franz. Son divorce est sur le point d'être prononcé et elle a grande envie de nous rejoindre en Suisse. Pourquoi ne pas prévoir une grande excursion tous ensemble ? Elle viendrait avec ses enfants Solange et Maurice, l'été suivant.

Franz est heureux de ce projet. Nous demandons à Pictet et au petit Puzzi de nous accompagner.

Auparavant il doit donner deux concerts, un à Lyon l'autre à Paris. Paris sans moi, un coup de couteau en plein cœur.

Il est heureux, fait ses bagages. Enfin il va pouvoir se mesurer avec Thalberg, un pianiste autrichien que Franz qualifie de « technicien » mais qui remporte d'énormes succès.

Je m'accroche à lui. « Renonce, s'il te plaît, ne va pas à Paris. » Il rit. « Il faut absolument que j'ai une entrevue avec ton frère. Il doit te remettre ta part d'héritage. » Je rétorque que mon frère dira des horreurs sur moi. Il sourit. « Crois-tu que je puisse me laisser influencer ? »

J'ai si peur de la solitude, d'être loin pour la première fois de Franz, je crains tout ! Les femmes surtout. Et je suis jalouse qu'il revoit sans moi des êtres que j'aime : Chopin, Lamartine, Vigny. Sera-t-il séduit par une autre que moi ? La passion est un vent qui emporte et efface, brise le cœur, elle est bonheur fou et inquiétude permanente.

Il part. Je ne vis plus que pour sa première lettre. Une lettre de lui.

FRANZ

Juin 1836

« Je sais que vous m'aimez, que vous souffrez pour moi. Je ne demande rien de plus que quelques mots de vous. Lorsque je vous écris ma main tremble. Dans votre dernière missive vous me dites que Blandine va bien et profite de l'air de la montagne. Merci. À chaque instant je ressens un terrible besoin de vous. Encore dix jours sans vous voir. Une éternité. »

Je cachette ma lettre et vais la remettre moi-même à la poste en partance pour Genève. Marie me manque terriblement. Je pense à elle, je joue pour elle. J'ai besoin de sa dévotion, de son amour sans limites.

Paris m'a repris très vite, j'ai revu Lamartine, Vigny, Chopin, Musset. Je suis entouré par des femmes très belles et oui, il m'est arrivé d'avoir une aventure d'une nuit. À peine un bref souvenir.

Marie, son feu d'amoureuse, son orgueil d'aristocrate, ses curiosités intellectuelles qui la poussent vers une société si différente de la sienne me manquent, et je pense à notre petite Blandine. Quand la reverrai-je ?

À Genève ils ont pu rencontrer beaucoup de personnes aux idées libérales attachées à l'intelligence, à la puissance du travail qui seules, disent-ils, méritent le nom d'aristocratie.

J'ai revu brièvement mon vieil ami, mon mentor l'ex-abbé de Lamennais désormais rejeté par l'Église pour ses idées trop démocrates. Hostile de prime abord à ma liaison avec Marie, il s'est incliné devant l'évidence de notre passion.

Il va me falloir affronter Thalberg, ce grand pianiste, mon rival auquel ma longue absence de Paris a donné une place privilégiée. Lui et moi allons donner chacun un concert destiné à nous départager. Le public parisien attend ce défi avec impatience. Je reste calme. On peut certes m'égaler, pas me surpasser. Nous allons nous affronter à l'Opéra. Par des amis communs je sais qu'il me craint.

Avoir enlevé la comtesse d'Agoult ne me rend pas la bonne société favorable mais le talent prime tout et doit tout primer.

Elle m'a voulu, je l'ai voulue aussi. Je suis heureux, enroulé dans le fil qu'elle a tissé autour de moi et dont je ne cherche pas à me démêler. Tandis que j'attends le moment crucial du concert, que fait-elle à Genève ? Va-t-elle voir souvent notre petite Blandine ? Je ne le crois pas. Elle n'est qu'à moi, dit-elle. Sans doute pense-t-elle à l'excursion que nous avons le projet d'entreprendre dès mon retour avec George Sand, ses deux enfants et leur bonne, le major Pictet et mon petit Puzzi. George va amener de la gaîté. Elle est exubérante, un peu folle, ne craint ni les excès ni le ridicule quand elle fume le cigare et s'habille en homme. Elle a du talent, fait ce que bon lui semble, prend des amants et les rejette s'ils ne lui conviennent plus.

Nous avons tout de suite sympathisé, nous attirant un moment la jalousie de Marie. Mais elle a vite compris que c'était une crainte injustifiée et a décidé de lui accorder son amitié.

Le duel : un moment de grande intensité musicale, un moment exceptionnel. Thalberg est le meilleur, juge-t-on finalement, mais moi je suis le seul.

Je peux partir pour la Suisse, rejoindre le chalet que nous avons loué pour l'été. À Paris mon nom est à nouveau sur toutes les lèvres.

MARIE

Été 1836

J'attends Franz d'un jour à l'autre. Moments d'intenses émotions mais aussi de grands désirs sensuels. Il sera à moi seule quelques jours avant notre départ. George doit nous rejoindre à Chamonix. Nous nous écrivons souvent. « Je suis, me dit-elle un personnage de roman ». Cette excursion est une gageure pour moi qui ai passé les moments les plus délicieux de ma vie seule avec Franz au bord des lacs suisses dans une entente si parfaite que je l'aurais voulue sans fin. L'amour fou est une prison dont on ne veut pas s'évader.

Il est là. Nous passons des jours d'enivrements, des nuits brûlantes. Pourquoi cette excursion ? Mais Franz est si heureux, je dois rester en harmonie avec son bonheur. George ne se montre pas et nous décidons de partir pour Chamonix, les hommes à pied, moi à dos d'âne, une bête très douce choisie par le major Pictet. Un matin je vomis. Je suis encore enceinte. Je refuse d'y penser

Tout le long de la route Franz garde ma main dans la sienne, le major marche d'un pas militaire, Puzzi vagabonde. Je regarde intensément mon amant, son visage parfait, son profil de médaille. Je serre fort sa main. Il lève les yeux vers moi. Comment donner un nom au bonheur ?

Enfin nous arrivons à l'hôtel de l'Union que les autochtones prononcent « Oignon ». Deux chambres nous sont réservées, une pour Pictet et Puzzi, la plus grande avec son lit immense est pour nous.

FRANZ

Été 1836

Ce début d'excursion est charmant. Pictet toujours philosophe, Puzzi toujours enjoué, Marie toujours un rayon d'amour. Cependant je souhaite que George ne tarde plus. Nous sommes trop sages, j'ai envie d'un peu de folie.

Le paysage est magnifique. Être dans cette nature grandiose est enivrant. Marie supporte bien son début de grossesse. Encore un enfant peu désiré. Marie voudra sans nul doute le confier à une nourrice. Mais je ne peux la critiquer. Je serai si souvent absent.

George, quant à elle, se sépare rarement de sa fille et de son fils. Ils forment une sorte de tribu. Je l'envie. Enfant unique j'aurais souhaité une famille autour de moi. Et plus tard j'aimerais retrouver un vrai foyer lorsque je rentrerai de mes voyages. Des petits bras autour de mon cou. De jeunes élèves maladroits devant mon piano. Des enfants que Marie considère comme une rupture dans notre intimité.

Je l'aime, je l'adore et pourtant je ne partage point ce besoin tellement exigeant de solitude à deux ; ce don permanent et exclusif de soi.

Puzzi lui-même, le gentil, le discret Puzzi est considéré par elle comme un intrus alors que sa présence me donne de l'air frais à respirer.

Pense-t-elle parfois à ce que je veux, à ce que j'ai affronté pour elle ? Quand elle me reçut pour la première fois dans son luxueux château de Croissy, je me suis senti importun face à cette belle comtesse entourée de ses deux petites filles ! Elle voulait ma présence mais imaginait-elle un instant que chaque moment passé au milieu de ces comtes et marquis était une humiliation pour moi ? Lorsqu'on m'adressait la parole, c'était pour me parler de musique en termes insignifiants et en citant des noms de musiciens défunts.

Je ne la revis pas pendant un certain temps, elle perdit sa fille aînée et revint enfin vers moi pour se jeter dans mes bras.

Notre fuite fut décidée ensemble. J'avais pourtant des projets plein la tête : me produire dans toutes les grandes villes d'Europe, devenir un artiste reconnu par mes pairs les plus prestigieux. Je sentais encore les lèvres de Beethoven sur ma joue.

Nous arrivons à Chamonix. Marie sourit sous sa large capeline de paille nouée sous le menton par un ruban de soie bleue. Elle est heureuse, semble avoir oublié toutes ses contraintes. Du haut du dos de son ânesse, sa petite main gantée de dentelles serre la mienne.

La bourgade de Chamonix est devant nous, charmante, cernée par le massif alpin. La vie y est à la fois paisible et impressionnante.

Nous cheminons à petits pas quand nous entendons des cris derrière nous. George nous suit à pied avec ses enfants. Derrière elle cahote une charrette avec les bagages et la bonne. Cris de joie, embrassades. Vite à l'hôtel pour se rafraîchir et enfin se parler.

De derrière le bureau de l'hôtel où nous avons retenu nos chambres, un homme nous tend deux feuilles à remplir. Il s'agit de décliner notre identité et de préciser d'où nous venons et où nous comptons nous rendre.

George s'empare des deux feuilles et d'un geste énergique trempe la plume dans l'encrier. « Vous d'abord », exige-t-elle. Et sans hésiter elle écrit :

« Fellows François et Arabelle, nationalité : l'Europe
Lieu d'origine : là où naissent les gens de qualité
Destination : le Paradis. »

Et sur sa propre fiche elle inscrit :

« Nom : Piffoël (en référence aux nez majestueux de sa famille)
Domicile : la nature
Lieu de départ : Dieu
Lieu d'arrivée : le Ciel
Lieu de naissance : l'Europe
Qualité : flâneur. »

L'homme est interloqué et l'accoutrement de George en pantalon large, blouse de paysan, cravate de corde, chapeau de paille défoncé ne fait qu'accentuer son désarroi.

A-t-il affaire à des fous ? Il va appeler la police.

George éclate de rire et son rire sonore interpelle les voyageurs présents. Je ris aussi. Seule Marie semble abasourdie, gênée, humiliée.

Le major Pictet finit par arranger les choses. Il est citoyen suisse et répond de tous ses amis dont un artiste connu dans l'Europe entière. Connait-il Franz Liszt ?

L'homme hoche la tête négativement.

– Je vous prie de ne plus déranger nos clients et de vous installer dans vos chambres.

Il pousse les clefs. George demande d'un ton sec :

– Faites monter trois bouteilles de vin du Jura, du pain et du fromage.

L'aubergiste accepte en maugréant.

Que vient faire dans son honorable établissement cette famille de bohémiens aux longs cheveux, une femme en blouse et ses deux marmots qui font un sabbat d'enfer, se moque-t-on de lui et de la loi ? Ils vont faire déguerpir ses hôtes, des Anglais, des Allemands tous à la tenue impeccable. Pourquoi Dieu lui fait-il subir une telle épreuve ?

MARIE

Tout le monde s'est installé dans notre chambre, les uns sur les fauteuils, d'autres vautrés sur le lit, les enfants assis par terre. George a déjà allumé un cigare et s'est débarrassée de son invraisemblable chapeau. Son opulente chevelure noire tombe sur la blouse de paysan et la fait ressembler à une romanichelle.

On parle, rit en même temps. Assise sur un fauteuil je reste gênée et ôte délicatement ma capeline. J'aurais tant voulu être ne serait-ce qu'une heure seule avec Franz dans ma chambre ! Mais il rit, s'aperçoit à peine de mon malaise. Il n'est plus qu'un jeune homme décidé à s'amuser. George esquisse quelques pas d'une séguedille. Le verre qu'elle tient à la main se fracasse sur le sol. Puzzi s'empare d'une serviette de toilette pour réparer les dégâts. Le major nous fait un cours sur la vallée de Chamonix, ses glaciers, la vallée de l'Arve.

Maurice tire les cheveux de Solange qui pousse des hurlements. Je les observe avec curiosité et étonnement. Ce monde est si différent de celui où j'ai vécu. Je n'ai aucune expérience de ces joies débridées. George m'ignore moi, ma robe de mousseline et le flacon de verveine que je tiens à la main. Franz lui-même ne cherche en rien à m'intégrer à leur groupe. Tous continuent de parler en même temps, conversations souvent couvertes par le rire tonitruant de George. Les enfants s'endorment sur mon lit. Franz a trop bu et se met lui aussi à esquisser des pas de danse avec George. Le major monologue. Puzzi vide son troisième verre de vin du Jura.

Soudain je me lève, il est ridicule, humiliant de rester sur mon fauteuil comme la statue du commandeur.

« Si nous descendions souper ? »

Il est tard lorsque chacun rejoint sa chambre. Nous avons fait de notre mieux pour ne pas révolutionner la salle du restaurant mais deux couples d'Anglais ont quitté leurs chaises et sont sortis l'air courroucé en dépit des efforts du maître d'hôtel pour les retenir.

Enfin chez nous Franz me serre dans ses bras, il est un peu ivre. « Je te veux », murmure-t-il.

Quand je me réveille il fait grand jour. Franz est déjà habillé et contemple par la fenêtre le merveilleux paysage qui nous entoure. Je me fais vêtir d'une robe de coton fleuri (la mousseline n'est décidément pas de mise) et coiffer de nattes enroulées autour de ma tête. Un peu de poudre, un soupçon de rouge sur mes pommettes. Le rouge est une obligation pour les femmes élégantes. George n'en porte jamais. Des bas de fin coton, des chaussures en cuir car il est évident qu'il va me falloir marcher. Nous avons pour but d'atteindre la Mer de Glace deux jours plus tard.

George a abandonné son galurin pour une résille de velours rouge qui ne s'accorde nullement avec sa chemise de coton bariolé et ses éternels pantalons bouffants. Dans sa ceinture elle a glissé un canif à manche de corne « pour herboriser, m'explique-t-elle ». Très correct, Pictet est en redingote, Puzzi en pantalons étroits et tunique parme. Quant à Franz, il a endossé une veste autrichienne à boutons dorés sur laquelle ruissellent ses beaux cheveux bruns. Solange et Maurice portent la même tenue que la veille complétée par de gros godillots de cuir.

Dans la salle à manger avant de partir nous prenons des bols de lait et des tartines beurrées. Les Anglais qui, la veille, avaient quitté la salle à manger nous foudroient du regard. Nous les ignorons superbement.

Je regarde Franz avec intensité. Il ressemble à un collégien autrichien et notre différence d'âge se fait plus cruelle. Mais qu'importe, il est heureux et je le suis.

Sur le chemin Franz ne marche plus à côté de moi, il batifole avec George, les enfants et Puzzi. C'est Pictet qui me tient compagnie en me parlant de l'histoire des Helvètes. Il est savant certes mais dénué de toute forme d'esprit.

Le paysage est époustouflant, sauvage avec des sapins sombres, des pentes abruptes, des éboulis de rocs.

Maurice aperçoit des chamois et leur grâce m'émerveille. Avant la Mer de Glace nous coucherons dans une auberge à Mont Anvers, un refuge où je ne m'attends à aucun confort.

Dîner de soupe et de fromages, de charcuterie avec de larges tranches de pain. Franz s'endort aussitôt couché.

Départ à six heures le lendemain matin. Sellés, les ânes nous attendent avec leurs âniers. Je suis la seule à ne pas monter à califourchon et ai commandé une selle de dame. Il semble que peu de femmes en fassent usage.

Par crainte du soleil je porte encore ma capeline recouverte d'un voile qui cache aussi mon visage. Le major a coiffé un bonnet militaire et Franz un béret à la Raphaël. Il parle peu. Sans doute entend-il de la musique.

Derrière nous la vallée se creuse, comme le soleil monte j'ouvre mon ombrelle. George a un sourire moqueur. Et cependant elle me témoigne de l'amitié. J'admire cette femme de lettres si réputée et si peu conventionnelle. Je me croyais libre, elle l'est bien plus que moi.

Nouvelle auberge avant d'atteindre notre but. Il pleut pendant deux jours, et je dois supporter la fumée des cigares de George, de Franz et du major, les chamailleries des enfants, la mine consternée de la bonne qui, n'ayant jamais quitté sa province, se croit sans doute chez les sauvages.

Dans mon coin je lis un livre de Schelling, philosophe allemand amoureux de la nature. J'aime la langue allemande, ma langue maternelle. Franz et moi la parlons souvent, même si nous privilégions le français.

Le beau temps revient, nous atteignons la Mer de Glace. Personne n'ose un commentaire qui ne soit pas ridicule.

Puis notre randonnée nous mène vers Marigny, Vevey et Fribourg.

À Fribourg nous pénétrons dans la cathédrale Saint-Nicolas, célèbre pour son orgue construit par Mooser. Aussitôt Franz s'y installe et joue le Dies Irae de Mozart puis improvise. Il est possédé par la musique, ferme à demi les yeux. Nous sommes tous ravagés par l'émotion. Il semble qu'un vent violent souffle sur notre petit groupe. Cette musique est une prière. Une heure avant, il plaisantait avec George alors que maintenant il transforme cette petite église en temple de l'absolue beauté. Mon amour pour lui me fait trembler. Franz est en cet instant un prophète, un messager du divin.

Le reste du groupe est comme statufié. George a pris ses enfants par les épaules et les serre contre elle. Pictet et Puzzi, chapeaux bas, sont sans voix

Franz sera-t-il capable de m'aimer toujours, sera-t-il capable d'accomplir un tel miracle ?

Est-ce que l'amour d'une femme pourra le contenter ?

FRANZ

Octobre 1836

George et les siens sont retournés en France. Le reste du groupe regagne Genève mais je n'ai désormais plus qu'un seul rêve : être à Paris. Pour cela il me faut de l'argent, j'ai un enfant, bientôt un second et Marie ne doit pas subvenir seule à nos besoins. Blandine restera chez sa nourrice surveillée par le pasteur Demeleyer, un Genevois à la morale rigide qui prendra ses devoirs au sérieux, un ami. Après de nombreuses réticences, Marie cède. Nous irons à Paris et descendrons à l'Hôtel de France rue Neuve Laffitte qui loue des appartements. Je retiens deux chambres et un salon. George, sollicitée par lettre, a promis de nous y rejoindre. Avec elle, l'étau un peu étouffant dans lequel m'enserre Marie se desserrera. Je commence à être conscient des contraintes que notre amour nous impose et je suis décidé à me donner plus de liberté. Nos liens n'en seront que plus forts. Elle semble m'approuver mais dois-je la croire ?

Octobre à Paris. La plus belle saison. Les feuilles rougissent, le soleil se fait oblique et enveloppe de douceur cette ville que j'aime tant. Marie, qui a quitté Genève pleine d'appréhensions, est sereine. La société qui fut la sienne ne cherche aucunement à la revoir. Elle en est bannie et l'a accepté. Restent les artistes, les hommes politiques, et surtout mes propres amis, Balzac, Chopin, Meyerbeer, Rossini. Ils sont tous venus nous voir et apprécient Marie, sa grande culture, son amour pour les arts, l'attention qu'elle porte aux autres. Le fragile, le doux Chopin est séduit par sa grâce et lui a dédié une petite œuvre impromptue.

Lorsque George arrive, tout change. Les conversations politiques deviennent houleuses, passionnées et ses jugements littéraires sont sans appel. L'époque est au romantisme, il faut donc avoir la plume romantique. Le champagne donne de l'esprit à tous. On se promène boulevard des Italiens, prend des glaces chez Tortoni où quelques grandes dames tournent ostensiblement le dos à Marie qui se cache derrière son éventail.

George amène dans notre salon Sainte-Beuve, son ex-amant Charles Didier, Pierre Leroux son éternel amant, Eugène Pelletan.

Lamennais arrive de sa Bretagne, il va prendre avec Charles Didier la direction du journal *Le Monde* pour y exposer leurs idées humanitaires. Et le peintre Danhauser exécute un tableau de notre groupe.

Moi au piano, George toujours habillée en homme, écroulée dans un fauteuil, Victor Hugo pensif, Rossini, Paganini, Alexandre Dumas. Marie est assise à mes pieds, sa belle robe de velours noir étalée en corolle autour d'elle.

Peu de femmes mais parmi elles Carlotta Marliani épouse du consul d'Espagne à Paris, un cœur d'or mais une redoutable pipelette. Marie ne l'apprécie guère, mais on lui pardonne tout à cause de sa bonté. À nouveau je vais me mesurer à Thalberg qui n'accepte pas ma suprématie. À mon insu Marie écrit un article au ton cinglant dans un style à l'emporte-pièce contre mon rival. C'est son billet d'adieu, billet qu'elle croit pouvoir me servir mais qui est bien malencontreux. Certains ne l'apprécieront guère, et le croyant de ma main me jugeront bien fat.

Marie va bientôt partir à Nohant rejoindre George et mener à bien sa grossesse.

L'hiver est là. Nous sortons moins. Charles Didier m'insupporte par ses visites quotidiennes et ses idées politiques dont il ne veut pas même discuter. Je m'absente pour vivre ma propre vie et, même si j'ai honte de le penser, je suis heureux que Marie rejoigne bientôt George à Nohant. À la veille de notre séparation comment va-t-elle réagir ? Je sais que je vais devoir affronter des torrents de larmes, peut-être une crise de nerfs, inquiétante dans son état.

Le départ est prévu pour le 3 février, sa place retenue à bord de la voiture de poste qui dessert La Châtre où George l'attendra. Première séparation, mais au temps de la folie castratrice pour moi succède celui de l'amour qui implique deux vies. Si Marie ne l'accepte pas elle se condamne au malheur. Sa docilité est une forme de domination. La passion n'est pas un cadeau. Elle vient de soi et de soi seul, investit quelqu'un pour se fondre en lui. Suis-je devenu un exutoire à ses frustrations, ses manques, ses déceptions ? Je suis pour elle une religion qui la grise et l'emporte vers le paradis. Mais hélas je ne suis pas le ciel, juste un homme qui aime comme un homme peut aimer et donne ce qu'il peut donner. Marie m'a avoué avoir voulu rester au couvent où ses parents l'avaient mise. Elle ne l'a pas fait. Elle est entrée en amour, comblant son vide affectif, son sentiment de ne pas exister, de n'être qu'une coquille vide. Marie s'est enroulée autour de moi comme un fascinant serpent, une superbe liane qui vit de l'arbre qu'elle finit par étouffer.

Je veux accomplir ma vie d'artiste et je veux aussi de tout mon cœur revenir vers Marie pour que renaisse la magie. Il est impossible d'imaginer que mon amour pour elle glisse lentement vers la pitié. Lorsque j'ai été fasciné par elle j'avais vingt-deux ans, j'étais grisé par mes premiers grands succès, le regard des femmes. Marie m'a ébloui. Depuis toujours j'avais rêvé d'une femme comme elle et avec enthousiasme je me suis laissé posséder par la passion.

À Nohant, peut-être George va-t-elle faire revenir Marie sur terre. George a eu beaucoup d'amants, elle a été heureuse, elle a été malheureuse, particulièrement avec Musset. Elle a continué à vivre, à écrire, à exprimer sa joie d'être avec ses amis. Certes elle est orgueilleuse et fût-elle abandonnée, elle n'a jamais baissé la tête. Avant tout elle est un écrivain. Marie, même si elle le refuse, reste la comtesse d'Agoult, châtelaine de Croissy. Elle penche désormais, dit-elle, vers les pauvres, les opprimés, appelle de ses vœux un gouvernement socialiste. Des rêveries de comtesse. Que Victor Hugo puisse avoir des opinions si favorables au peuple tout en courant les femmes et en vivant dans la plus grande aisance semble la perturber.

Moi je n'ai guère d'argent, ce que je gagne est dû à mon seul talent. Nous vivons Marie et moi sans luxe, sans voiture, sans la multitude de domestiques qui l'entouraient autrefois. Je sais qu'elle rêve d'une jolie maison que nous habiterions tous les deux où elle pourrait recevoir. Je comprends ses rêves, les miens sont de donner des récitals et de me placer définitivement au-dessus de Thalberg. Je veux triompher, le faire tomber de son piédestal. Il faut que je m'impose comme le meilleur pianiste d'Europe.

MARIE

Février 1837

Je vais rejoindre George à Nohant tandis que mon Franz donnera une série de concerts à travers l'Europe. Contrairement à mes craintes mon séjour à Paris a été heureux et j'ai même pu écrire quelques articles élogieux dans la *Gazette Musicale* sur Franz afin qu'il triomphe de Thalberg. Contre ce pianiste j'ai employé un ton cinglant. J'écris sous un faux nom et sais que mes critiques ont eu un impact, quel qu'il soit. Je suis « une journaliste née », m'a affirmé un jour Franz.

Le mot « séparation » n'a pas encore pris de réalité. Ma domestique fait mes bagages. Je risque d'être à Nohant plus de deux mois. Franz ensuite m'y rejoindra. Vivre ? Non, je ne vais faire que de combler l'attente, écrire quotidiennement, attendre fébrilement le courrier. M'exercer à un roman peut-être, conseillée par George. Mais il est vrai que mon séjour à Paris ne peut s'éterniser.

Le premier concert de Franz sera donné chez la princesse Cristina Trivulzio Belgiojoso, et Carlotta qui raffole des ragots n'a pas manqué de me faire savoir qu'y assisteraient les plus grands noms de Paris. Je les connais, je connais leurs femmes qui sous des mines prudes rêvent de vivre quelques moments de passion sans toutefois rien abandonner de leurs privilèges. Je suis jalouse. Depuis que Franz est mon amant cette jalousie a été omniprésente. On dit que la jalousie est la preuve d'un amour-propre excessif. Sans doute est-ce vrai mais c'est aussi et avant tout la terreur d'être comparé à quelqu'un d'autre.

Franz m'accompagne jusqu'à la voiture pour La Châtre. « Pas plus que quelques semaines, me promet-il. » Quelques ? Deux, six, huit, dix, davantage ? Je pars épuisée, sans doute plus moralement que physiquement, mais face aux inconnus qui nous entourent, je ne pleure pas. Franz m'embrasse sur le front. « Ne m'oublie pas. »

Tout de suite je suis tombée amoureuse du petit château de George entouré de jardins restés à moitié policés, à moitié sauvages. Elle m'a installée dans la chambre de sa grand-mère au rez-de-chaussée, la plus belle. Deux fenêtres ouvrent sur le parc et mon hôtesse a eu la générosité de la faire retapisser et d'y pendre de nouveaux rideaux. Le lit est large et confortable. Je dispose d'une coiffeuse, d'une commode, de deux bergères et d'un meuble secrétaire où je vais pouvoir écrire ce que j'ai fait depuis mon arrivée. Devant moi des arbres centenaires, des buissons, une grande allée où je me promènerai chaque jour en pensant à lui, Franzi mon trop bel amant.

George vit l'après-midi, la nuit elle travaille en absorbant maintes tasses de café. Le déjeuner est servi à onze heures. Elle est alors éveillée depuis peu.

Pas de solitude. George tient maison ouverte et ses enfants sont pleins de vie, exubérants.

Après le déjeuner nous partons souvent à cheval le long des rives de l'Indre. Si elle monte à califourchon, je suis fidèle à la selle d'amazone.

Elle connaît tout de sa région, de son Berry et ne cesse de raconter des anecdotes, de vieilles légendes peuplées de maléfices et de sorcières.

Dès cinq heures entrent des voisins ou débarquent pour quelques jours Pierre Leroux, l'auteur dramatique Mallefille et l'acteur Bocage que je soupçonne tous d'être, ou d'avoir été, ses amants. Est-elle encore amoureuse de l'avocat qui a plaidé son divorce, Michel de Bourges ? On m'a dit qu'elle le rejoignait en pleine nuit à cheval.

Les conversations sont animées, le langage cru, presque vulgaire à mes yeux. Elle ne s'en offusque nullement, rit à gorge déployée, est toute séduction envers les uns et les autres. J'ai du mal parfois à la supporter et regagne ma chambre. J'écris à Franz, je relis encore et encore ses lettres tendres qui me font monter les larmes aux yeux. Son rêve, écrit-il : « accourir à Nohant et te serrer dans mes bras. » Vraiment ?

Carlotta m'écrit qu'il n'est pas insensible au charme de la princesse Belgiojoso. « Une plaisanterie », ajoute-t-elle entre parenthèses.

Qu'il vienne, qu'il vienne. Trois semaines sont passées et je n'en peux plus d'attendre. Sonne l'heure du souper.

Bien que George ne se mette jamais en frais de toilette, je me fais habiller, coiffer. Je veux, je dois rester belle.

Une lettre arrive. Franz m'attend en mars à Paris pour assister au concert qu'il donne à l'Opéra, un triomphe pour lui, le justificatif de tous mes sacrifices pour moi. Après le concert, il me ramènera à Nohant où son Pleyel le rejoindra.

George espère que Chopin sera des nôtres. Elle a pour cet être fragile une étonnante tendresse. L'artiste l'éblouit.

Franz, Fréderic, George ce serait pour moi le paradis, même si la foule hétéroclite prisée par mon amie continue à affluer. Elle attend avec impatience son ex-amant Charles Didier qui ne vient pas. Mais elle a d'autres « affections ».

FRANZ

Mars 1837

Je découvre Nohant évoqué avec tant d'enthousiasme par Marie. Mais si mon départ de Paris a été une joie, il a été aussi une déchirure. Je quitte une multitude d'amis et une maîtresse qui, tout en n'ayant jamais cherché à me détacher de Marie, m'a offert des moments délicieux. Légère, amusante, énergique, grande amatrice de musique elle a tout ce qui fait défaut à Marie mais elle n'est pas Marie. Surtout, elle connaît la Hongrie, le pays de ma naissance, et est liée avec les princes Esterhazy, famille pour laquelle mon père travaillait comme régisseur de leurs immenses troupeaux de moutons. Le prince Esterhazy a été sensible au talent du jeune garçon que j'étais alors et m'a recommandé à des parents viennois, rien de plus.

Mon père, lui-même grand mélomane m'a accompagné en Autriche. J'avais onze ans et il confia mon éducation musicale à Antonio Salieri, plus apprécié à la cour que Mozart qui décontenançait les Viennois. Un autre musicien fort renommé, Czerny, me donnait des leçons chaque matin, il m'appelait Franzi. C'était un homme enthousiaste, bon et fort talentueux. À douze ans je donnai mon premier concert et eus la joie, l'honneur de savoir l'immense Beethoven présent dans la salle. À la fin de la présentation il vint déposer un baiser sur ma joue. J'aurais voulu que le frôlement, la trace de ses lèvres sur ma peau ne s'effacent jamais.

On a commencé alors à parler de moi comme d'un jeune prodige mais je savais que des heures et des heures de travail m'attendaient pour mériter ce nom.

Puis mon père m'accompagna à Londres et à Paris. Là-bas je fis la connaissance d'Erard qui m'initia à ses pianos. J'y suis resté toujours fidèle.

Je donnais des concerts au théâtre des Italiens, dans les salons Pleyel et dans les hôtels particuliers de riches aristocrates qui se piquaient d'être mélomanes. Mais les pianistes ou chanteurs d'opéra entraient toujours par la porte de service et étaient payés pour leur prestation par un majordome.

À Londres je jouais devant la famille royale, puis à Manchester, toujours accompagné de mon père. Je n'avais que treize ans.

De retour en France nous nous rendîmes à Bordeaux, Toulouse, Nice, Marseille et Lyon. Un poids pesait sur mes épaules. On m'aimait ? Mais qui m'aimait hormis mon admirable père et ma chère maman demeurée en Hongrie jusqu'au moment où elle pourrait nous rejoindre.

Nous étions épuisés mon père et moi, et il décida de prendre du repos à Boulogne. Il y mourut.

J'avais seize ans et m'installai à Paris, rejoint par ma mère. Je louai un appartement rue Montholon à Montmartre où les loyers étaient accessibles. Pour vivre et entretenir maman je donnais des leçons de piano. Pour me stimuler je commençais à fumer.

Mon premier, mon grand amour fut une de mes élèves Caroline de Saint-Cricq. J'avais dix-sept ans, elle seize. Je la demandai en mariage. Mais son père comme toute réponse me mit à la porte et ne tarda pas à la marier. Caroline garde une place privilégiée dans mon cœur, celle d'un premier amour chaste et lumineux.

Les Pleyel organisèrent alors pour moi un concert à l'Opéra qui fut un immense succès. Mais plus rien, hormis Caroline, ne pouvait me redonner goût à la vie. À cette époque je pensais entrer au couvent.

La lecture me rendit la raison, Victor Hugo surtout, et une violoniste au tempérament ardent m'initia à la sensualité. Depuis je sais qu'hormis la musique, les femmes feront toujours partie de ma vie.

Mais les aristocrates qui me recevaient dans leurs luxueux salons me faisaient pitié, ils étaient, en particulier leurs femmes, prisonniers de leur orgueil et de leurs préjugés, prisonniers de leur milieu social. J'eus une très courte liaison avec une baronne mais la terreur d'être découverte la rendait inaccessible au plaisir.

Puis j'ai rencontré Marie. Une femme différente de ses consœurs de la haute aristocratie. Pas d'une rare beauté mais celle-ci fragile, lumineuse. Une grande culture et en même temps une retenue qui l'empêchait de s'imposer avec fatuité, comme tant d'autres n'ayant pas ses connaissances. Elle avait lu en grec Platon, Socrate, la plupart des philosophes anciens qui peut-être lui avaient procuré ce mépris du bavardage.

Son hôtel particulier quai Malaquais était magnifique, son salon meublé avec un goût exquis. Elle m'accueillit et me pria de m'asseoir un instant à côté d'elle sur le canapé où elle trônait. Nous nous regardâmes longuement, tout était dit. L'un et l'autre n'aspirions plus qu'à nous revoir. La porte de la passion s'ouvrait. Quelques mois plus tard elle allait tout quitter pour franchir cette porte avec moi.

Ensemble nous avons passé en Suisse des journées d'un bonheur insatiable mais jamais l'idée d'abandonner la musique ne m'a effleuré. Je voulais composer, me produire en concerts, quitte à remettre ces désirs à plus tard. À quand ? Je ne me suis pas posé alors cette question.

Aujourd'hui j'aime Marie d'un amour profond et serein. Nous allons avoir deux enfants, je suis célèbre et si jeune... L'Europe me veut, et je ne peux être exclusivement à Marie. Elle-même doit trouver un moyen d'épanouir ses talents. Je suis sûr qu'elle devrait écrire. Elle se croit fragile ? En réalité elle méconnaît sa force, sa volonté.

Nous sommes heureux à Nohant où Chopin a promis de nous rejoindre. Pourvu qu'il tienne parole !

MARIE

1837

Le triomphe de Franz à l'Opéra a été total et dès avril nous étions de retour à Nohant.

Je peux à nouveau m'émerveiller de lui, de sa beauté, de son talent. Tout en lui me transporte, s'empare de mon âme, me fascine.

George reste toujours aussi active et gaie, aussi sociable malheureusement. Sa présence, celle de Mallefille, le précepteur des enfants et son amant, celle de Franz me suffisent. Mais des voisins débarquent à tout moment et elle ne peut s'empêcher de lancer de multiples invitations.

Tous les matins Franz se met au piano qui a été placé dans notre vaste chambre. Tandis qu'il joue je procède à ma toilette et me fais coiffer par une domestique de

George. Je lis ensuite jusqu'au réveil de notre hôtesse, suivi du déjeuner, simple et bon, préparé par la cuisinière avec les produits de la ferme.

L'après-midi je me promène avec George et Franz. S'il pleut nous nous installons au coin du feu et évoquons le roman que George est en train d'écrire. Franz retourne à son piano et je le suis souvent pour m'asseoir à ses pieds.

Le soir il joue pour nous tous, une porte ouverte sur le salon. Il joue du Chopin, du Schubert, du Berlioz. Chopin ne s'est pas montré, sans donner d'explications.

En ce mois de mai il fait bon. Après souper nous nous rassemblons sur la terrasse et je danse sur la musique, m'accompagnant d'un voile de mousseline. George me dit que je ressemble à un ange ou à la fée de la nuit. Mon voile blanc voltige autour de moi, me cache, me révèle.

Lorsque je disparais dans l'obscurité, George confie à Franz qu'elle me trouve singulière.

Mon Franz a parfois des sautes d'humeur, comme si une plaie secrète et douloureuse le rongeait.

À sa demande, il nous faut bientôt quitter Nohant. Beaucoup des amis berrichons de George, de braves gens par ailleurs mais insensibles à la musique, lui sont difficilement supportables.

En dépit de réelles attentions de notre hôtesse, ses cocasseries, ses travestissements, ses cigares ou houkas, sa voix tonitruante commencent à me lasser.

George nous vante de plus en plus souvent l'Italie. Nous la laisserons avec Charles Didier, qu'elle voit et aime toujours sans doute, et la multitude de ses soupirants.

J'ai maintenant hâte de quitter Nohant. En Italie, j'en suis sûre, nous retrouverons la plénitude de nos amours. La date est arrêtée. Le 4 juillet nous dirons adieu à George.

Même si elle ne me comble pas, ma grossesse se poursuit bien. Franz m'occupe tout entière, et même pour son enfant je n'ai guère de place. Je suis à lui corps et âme.

Je ne veux pas d'une vie de famille dans une belle demeure. J'ai laissé tout cela derrière moi pour toujours. Être une mère, une maîtresse de maison et attendre le retour de Franz, sans doute arraché des bras d'une autre ? Il séduit, sait donner du plaisir, pourquoi rester fidèle à une femme entourée d'enfants ? Je veux pouvoir le rejoindre, nouer mes bras autour de son cou, jouir de lui. J'ai tant de mal à me passer de ses caresses. Cette frustration, ma nature fragile prompte au spleen héritée de ma famille me font voir trop souvent la vie en noir. Je peux être forte cependant et l'ai prouvé.

Un arrêt est prévu à Bourges. Nous nous rendrons ensuite en voiture particulière à Saint-Point où Lamartine a reçu Franz autrefois. De retour à Bourges nous reprendrons une voiture de poste pour Genève. Franz veut absolument voir Blandine, moi aussi. Son tuteur la dit fort jolie, en bonne santé, très sage.

Notre petite fille de deux ans a peur de nous et se cache dans les jupes de sa nourrice. Elle se débat lorsque Franz veut la soulever dans ses bras. Il lui murmure des mots d'amour mais elle le repousse et se remet en sûreté sous le tablier de sa nourrice. Nous la quittons le cœur serré. « Notre fille est ravissante », prononce seulement Franz en remontant dans la voiture.

Nous nous arrêtons aux îles Borromées, puis au bord du lac de Côme. Le paysage est enchanteur et je supplie Franz d'y demeurer aussi longtemps que possible. Notre passion commune va y renaître, nous allons à nouveau être tout l'un pour l'autre. Mes griefs contre lui vont s'effacer, les reproches n'auront plus aucune raison d'être au milieu de ce paradis d'oliviers et de pins.

En vue de mon accouchement prévu en décembre nous louons un appartement dans un hôtel confortable à Côme. La vue sur le lac y est moins belle mais tout est prévu pour la naissance.

Puis le projet de Franz est de gagner Milan. Ensemble nous écrivons des articles pour *Le Monde* et la *Gazette Musicale*.

Nous sommes seuls l'un avec l'autre. Il est heureux, m'appelle son « ange gardien ».

Ses Grandes études sont achevées et je les écoute avec ravissement. Jamais, jamais nous ne devons être deux à nouveau.

FRANZ

Le bonheur de Marie est si évident qu'il me faut le partager. Plus de larmes, plus de reproches, plus de crises de jalousie. Elle se montre douce, attentive, sereine et même si ce calme n'est que provisoire, je le savoure. Son prix vient de sa fugacité.

Nous partons aujourd'hui pour la ville de Côme et nous installons à l'hôtel Del Angelo. La location d'une maison au bord du lac serait idéale mais à quel prix ?

Je la précèderai à Milan afin de dénicher un logis convenable. Notre enfant, fille ou garçon, sera laissé en Italie à une bonne nourrice. Je sais que ce nouvel arrachement me meurtrira, comme maman a été meurtrie lorsque mon père et moi avons quitté le logis familial en Hongrie pour Vienne.

Maman est à Paris désormais et dès que j'y arrive je vais la voir aussitôt.

Une seule fois j'ai interrogé Marie sur son manque d'instinct maternel. Elle m'a répondu vertement qu'ayant vu une fille mourir dans ses bras, elle refusait de s'attacher à un enfant. « Même s'il est de moi, ai-je insisté ? » Elle n'a rien répondu.

Ma première démarche à Milan sera de trouver un joli appartement qui puisse lui convenir. Mais auparavant je veux être aux côtés de Marie lors de ses couches.

L'hôtel de Côme ne lui plaisant pas, je loue une villa romantique à Bellagio. Elle l'aime aussitôt et je vois son visage illuminé par le bonheur. Elle vieillit mais garde toute sa grâce. Qu'importe son trop grand front, son nez étroit, sa bouche trop mince ! Ses yeux lui confèrent une beauté unique, son regard brillant d'intelligence une personnalité hors du commun. Passion, colère, douceur s'y succèdent. Comment résister à ce vent de tempête ?

Aujourd'hui je sais qu'il y avait en elle depuis longtemps un immense besoin d'aimer. Elle avait allumé en moi un brasier d'amour. Qu'en reste-t-il ? Un grand amour certes, une immense admiration pour cette femme hors du commun mais aussi des moments d'irritation face à ses dépressions, ses reproches, sa jalousie. Restent aussi Blandine et bientôt un autre enfant. La femme qui m'a ensorcelé, fait perdre toute raison n'est plus. Ma seule et immense passion est le piano et je ne songe qu'à mes tournées européennes. Je quitterai Marie, elle le sait. Son silence me prouve que mes départs sont autant de désastres auxquels elle ne veut pas penser.

Comment envisager un avenir sans elle, avec deux enfants ? C'est impossible et je ne le veux pas. Nous trouverons un compromis.

J'y pense en me promenant dans les magnifiques jardins de la ville au milieu d'amandiers, de citronniers, de magnolias, de lauriers, de chèvrefeuilles. Je m'assieds sur un banc posé au pied de la statue de Dante et de Béatrice avant de rentrer à pas lents pour le déjeuner. Mon après-midi se passera devant mon piano. Nous dînons tôt et souvent voguons sur le lac jusqu'au coucher du soleil. Ces moments pourraient convenir à la définition du bonheur. Pourquoi ces mots de Dante me reviennent-ils en mémoire ? « Ce sont les Dante qui font les Béatrice, et la vraie Béatrice est morte à dix-huit ans. »

MARIE

Fin 1837, début 1838

Nous sommes revenus à l'hôtel Del Angelo à Côme. C'était le choix le plus raisonnable. Noël approche mais je ne songe qu'à mon désormais très proche accouchement. Ce quatrième enfant m'épuise et je ne quitte plus guère mon lit. Franz ne me laisse jamais seule, il est anxieux.

Dans la nuit du vingt-quatre je mets au monde une petite fille brune comme Franz. D'un commun accord nous la prénommons Cosima. Franz s'en est déclaré le père légitime et le professeur de musique, et je ne suis que la mère illégitime qui porte le nom de Marie Catherine de Flavigny. Aux yeux de la loi le bébé n'appartient qu'à Franz, une femme mariée ne pouvant reconnaître un enfant qui ne porterait pas le nom de son mari. Blandine et Cosima sont les enfants de Franz, et de lui seulement.

Je me remets doucement. Cosima a déjà été emportée par sa nourrice et l'appartement regagne son calme bienfaisant. Cette enfant sera-t-elle belle ? Elle a des mains admirables, celles de son père avec de longs doigts fins. Franz est sûr qu'elle sera pianiste.

Avec impatience il attend mon retour de couches et notre départ pour Milan. J'avoue être un peu anxieuse à l'idée de retrouver cette ville qui n'a cessé de me tourner le dos. Franz sera fêté mais je ne serai pas invitée à l'accompagner. Il dispose déjà d'une loge à la Scala où l'on donne surtout des opéras dont les Milanais sont très amateurs, en particulier ceux de Donizetti.

Milan est une belle ville avec des immeubles cossus comme à Paris, des quartiers pauvres aussi comme chez nous mais il lui manque le charme de notre capitale, la gaîté, la joie de se promener dans de belles allées ombragées, de s'asseoir dans les cafés où se presse la société la plus élégante.

La vie urbaine, je le sais, est un défi pour notre amour. Il faudra que je me plie à la volonté de Franz en m'occupant. Écrire des articles me plaît, en particulier s'ils louent le génie de mon amant.

Le monde de la presse ne cesse de prendre de l'importance, un article peut faire ou défaire une renommée, et ce pouvoir laisse Franz perplexe.

Nous jouissons d'un appartement confortable à Milan et Franz donne quelques concerts mais il est déçu. L'audience ne montre pas l'enthousiasme de ses précédentes prestations à travers l'Europe, et l'article dithyrambique que j'ai écrit sur lui a plutôt fâché.

Nous partirons à Venise en mars, lui et moi. Quelle joie de découvrir cette ville mythique qui abrite des trésors artistiques ! « Le printemps, affirme Franz, y est magnifique, tu en seras la reine. »

Les Vénitiennes passent pour très belles, élégantes, sans timidité, joyeuses. Je vieillis. Quatre grossesses et la mort de Louise ont laissé leurs marques.

Oui, si à Paris j'étais une reine, à Venise je ne serai que la vieille maîtresse du beau Franz Liszt. Pourtant il désire encore mon corps fatigué et me le prouve, même si nous faisons moins souvent l'amour. Quant à moi je le désire à tout instant, il a fait naître en moi des exigences jamais taries.

Aussitôt à Venise, j'ai détesté cette ville bruyante et malodorante. Franz quant à lui en est tombé amoureux.

Jour après jour j'ai découvert les églises, les œuvres de peintres les plus connus mais toujours gardé l'impression d'être dans une nécropole.

Nous avons loué une gondole qui nous promène le long des grands et petits canaux mais cette eau sale me rend malade et j'ai hâte de regagner notre appartement. Je pense à George et à Alfred de Musset, au naufrage de leur amour dans cette ville dont ils attendaient le bonheur suprême. Quand j'évoque George et Alfred, la débâcle si cruelle de leur couple, Franz se fâche. Pourquoi dois-je voir toujours les échecs ? Il y a eu à Venise de grands amoureux qui y ont été parfaitement heureux. L'est-il ? Il le semble en effet mais je sais qu'il ne pense qu'à reprendre ses concerts, à entendre les applaudissements, à voir briller les yeux des femmes.

Il devient coquet, fait couper ses cheveux qui tombent maintenant au niveau de ses épaules, achète des chemises, des cravates. Pourquoi ? Tout m'inquiète.

Un soir il rentre un journal à la main. Il y a eu de terribles inondations en Hongrie et il veut s'y rendre aussi vite que possible pour donner des concerts en faveur des malheureux sinistrés qui ont tout perdu. En disant « Hongrie » ses yeux brillent.

« Je m'arrêterai à Vienne, me dit-il. Imagine l'effet de surprise. Je ne m'y suis pas rendu depuis mon enfance. De Vienne je gagnerai la Hongrie.

– Et moi ? ai-je protesté la voix tremblante. Franz paraît surpris.

– Je ne serai absent qu'une quinzaine de jours, ma chérie. Notre ami, le jeune Théodore s'occupera de toi durant mon absence, il est charmant, fort connaisseur en arts. »

Dès le lendemain Franz saute dans la berline en partance pour Vienne, une grande voiture jaune et rouge attelée de six chevaux. Je reste longtemps comme paralysée. Pourquoi ce départ aussi brusque, et pourquoi me promettre une absence de quinze jours au plus alors que celle-ci peut durer plus d'un mois ?

Dix jours plus tard je reçois sa première lettre. Vienne lui a fait un accueil triomphal. « Une pluie de fleurs est tombée à mes pieds lorsque je me suis levé pour saluer. Je suis demandé à Pest, à Presbourg mais je n'irai sans doute pas. Je vous aime et ne veux pas vous laisser seule trop longtemps. »

Je replie la lettre, aucune illusion ne m'habite plus. Franz ne sera pas de retour avant deux mois.

Théodore vient me chercher chaque après-midi pour une promenade en gondole, la visite d'églises, de musées. Le soir j'écris à Franz ma lettre quotidienne, relis les siennes où il exprime son amour, son chagrin d'être loin de moi. Il évoque le bonheur de nos retrouvailles et enfin donne une date de retour mi-mai. Il a quitté Venise début avril.

La détresse dans laquelle je vis me fait tomber malade. Je ne quitte plus mon lit, et Théodore fait venir un médecin qui diagnostique une fièvre bilieuse. En réalité je suis détruite par l'absence de Franz et souhaite parfois mourir. Ne m'abandonnera-t-il pas tout à fait un jour ou l'autre ? Pour le garder à jamais peut-être faudrait-il que je le tue.

Fin mai il n'est toujours pas de retour. Il sait cependant par Théodore que je suis très malade. Ses lettres sont rassurantes, je vais me rétablir, nous allons accomplir tant de choses ensemble ! Sans cesse il pense à notre avenir.

Le papier de ses lettres sent le parfum, un parfum délicat, aristocratique. Sur une des enveloppes figure même un écusson.

Je les déchire. Pourquoi Franz a-t-il cette soif de séduire ? Il n'a aucune raison de douter de lui. Quelque chose entre lui et moi est désormais abîmé, la confiance, la certitude d'être son seul amour.

Enfin un mot m'arrive m'annonçant son retour pour le début du mois de juin.

Comment va-t-il juger cette femme amaigrie aux joues creuses, au regard perdu ?

Vite je me fais faire une robe, j'achète des fards et du parfum. Même dévastée je dois le séduire encore et encore.

FRANZ

Printemps 1838

Alors qu'on me réclame dans toute l'Europe, je dois organiser la vie de Marie afin qu'elle survive pendant mes absences. Elle est trop dépendante de moi. Plus je songe à Marie, plus la certitude s'impose à moi qu'elle doit regagner Paris, avec nos deux filles, revoir ses vieux amis. Là, elle pourra montrer qui elle est.

Son caractère si doux, si docile devient de plus en plus souvent agressif. Ne m'a-t-elle pas traité de « Don Juan parvenu ? » Ces mots sont pour moi irréparables, je ne verrai plus jamais Marie, comtesse d'Agoult, sous le même jour. Dans son esprit, est-elle une grande dame tombée amoureuse d'un homme du peuple ? Me fait-elle l'honneur de son amour ? Oublie-t-elle qui je suis ? Certes je suis encore amoureux d'elle mais je la vois comme elle est, non comme je la rêvais. Comment ne pas être sensible à sa passion pour moi ?

Nous allons quitter Venise pour Milan, et si Marie continue à s'y déplaire, nous irons donc à Gênes puis Lugano. Une nouvelle interruption dans ma carrière, un grand sacrifice pour moi afin de la rendre heureuse.

Mais je ne me sens pas très bien à Lugano. Je deviens nerveux, fume beaucoup. Et cependant Marie n'est que tendresse et a pour moi des attentions touchantes. Certes je pense à d'autres femmes, des femmes exquises qui se sont données à moi sans larmes ni exigences. Elles me traitaient comme un roi, n'offraient que sensualité et bonheur.

Vais-je parvenir longtemps à rendre Marie heureuse ? Je cherche par tous les moyens à découvrir la ville où elle se sentira enfin chez elle. Mais la réponse est évidente. Paris.

Je veux continuer à chercher cependant. Nous irons à Florence pour qu'elle découvre aussi l'incomparable campagne toscane. Le climat, la beauté de la nature, les exceptionnelles œuvres d'art. Je vais moi-même y travailler, tenter de lier tous les arts, trouver leurs ressemblances secrètes. Une gageure qui me stimule. Et Blandine pourrait nous rejoindre pour quelque temps. Le major Pictet se chargerait de l'amener de Genève à Milan.

Après Florence, Rome pourquoi pas ?

L'article écrit par Marie et signé de mon nom a indigné les Milanais. Je critique leur passion pour l'opéra ? Leur pauvre goût musical ? N'ayant pas écrit une ligne sur ce sujet, je suis outré mais Marie m'avoue qu'elle supportait mal la tiédeur du public milanais à mon égard. En prenant la plume en mon nom, elle me cause de grands dommages. Après ces insultes, ma présence à Milan n'est plus souhaitée.

Nous allons partir mais auparavant nous accueillons Blandine. Notre petite fille a trois ans et ne nous connaît pas. Peu à peu elle s'apprivoise. Blonde avec de grands yeux bleus, elle est fort jolie, ses traits ont plus de douceur que ceux de sa mère et elle a ma bouche. Elle restera avec nous.

Marie est à nouveau enceinte ! Ces grossesses successives ne faisaient pas partie de ses espérances de bonheur. Trois enfants en moins de quatre ans. Nous nous rendrons à Florence plus tard. Je suis sûr que pour mener à bien cette nouvelle grossesse elle sera mieux à Rome avec Blandine et une gouvernante. Un début d'un foyer stable pour elle, et pour moi le réconfort de ne pas partir en la laissant seule.

MARIE

1839

Rome au printemps. Nous avons un appartement villa Della Purificazione assez vaste pour que Franz, moi, nos deux domestiques, Blandine et sa gouvernante nous sentions à l'aise. Cette gouvernante italienne est parfaite et s'occupe très bien de ma petite fille. Je la vois, ma toilette terminée, en fin de matinée, puis en fin d'après-midi après ma promenade.

Avec Franz je découvre le Vatican, la chapelle Sixtine. Il veut tout visiter, tout découvrir. À cause de ma grossesse je ne peux, hélas, suivre toutes ses errances mais il rentre si heureux le soir. Je l'aime toujours avec passion, il est ma lumière, là où il va je veux aussi aller. Je veux respirer l'air qu'il respire, vivre sa vie. Rome m'a d'emblée séduite, tout y est grandeur et sérénité.

Le 9 mai, j'accouche de Daniel, un joli petit garçon, aussitôt confié à une nourrice italienne vivant à la campagne. Mais la réalité est cruelle. J'ai trois enfants et ne peux entraver la liberté de Franz. Il veut absolument reprendre sa tournée de concerts. Plusieurs villes d'Allemagne le demandent. Je veux l'accompagner mais il m'en dissuade avec parfois des mots durs. « Et Blandine, Cosima et le petit Daniel ? » Je lui réplique que nous les confierons à des personnes sûres. Ces querelles nous blessent l'un comme l'autre. La faille qui s'est ouverte entre nous semble s'élargir. Il a vingt-sept ans, moi désormais trente-quatre. Formons-nous un couple pathétique ?

Dieu merci, au milieu de mon émoi, Sainte-Beuve vient nous visiter. Notre ami nous redonne de la gaîté. Ensemble nous parcourons Tivoli, la villa Hadriana. Notre ami a de l'esprit, une grande culture, un cœur d'or.

Après neuf mois de silence, je reçois une lettre de George. Elle arrive à Gênes après un séjour désastreux pour Chopin à Majorque. Les savoir amants nous avait sidérés Franz et moi. Et Majorque ? Pourquoi entraîner cet être fragile dans une telle aventure ? Un pays aussi sauvage ? Comment imaginer cette femme pétulante, excentrique avec le délicat Frédéric, cet ange blond, ce musicien de génie ?

Elle propose de venir nous voir. Pourquoi ne louerions-nous pas une maison à Lucques ? Ils y retrouveraient la joie des vieux jours.

Le lendemain nouvelle lettre. George annule ce projet. Frédéric ne va pas bien, il crache du sang, se nourrit à peine. Ils vont directement regagner Nohant où elle pourra prendre soin de lui.

Nohant... Me vient la nostalgie de posséder un petit manoir en France où Franz pourrait composer, entouré de ses enfants. Cette nostalgie est nouvelle. Je ne voulais d'abord aucune attache.

La vie de bohémiens que j'ai tant souhaitée, aujourd'hui me fatigue et me désempare. Mais Franz n'est pas Frédéric, il aime la griserie des concerts, les applaudissements, les fleurs jetées à ses pieds.

Mais pourquoi ne pas nous rendre seuls à Lucques ? Entre Pise et Florence, cette ville nous offrirait de belles excursions.

La terrasse de notre appartement donne sur le jardin botanique conçu par la duchesse de Parme. Nous y restons côte à côte le soir, main dans la main, à observer les étoiles, à écouter les bruits de la ville. Mais en dépit de cette vie pleine de tendresses je devine le déclin de notre passion.

J'évoque trop souvent nos trois premières années de vie commune, le paradis de nos amours. Il se contente de me serrer un peu plus fort la main.

Sainte-Beuve nous rejoint et compose de jolis poèmes qui me font monter les larmes aux yeux. Le peintre Lehmann fait nos portraits. Liszt y rayonne de beauté. L'artiste a su capter la noblesse du front, le regard doux et perçant, la sensualité de la bouche. Il croise les bras dans une pause impériale. Quant à moi je suis comme je suis, un peu embellie. Les plis qui encadrent ma bouche ont disparu, j'ai un regard froid, interrogateur, un teint trop parfait pour une femme de mon âge.

En septembre nous quittons Lucques. Je veux absolument tenter une nouvelle chance pour ranimer notre passion. San Rossore nous a tous deux attirés : la mer, une cabane de pêcheur, une plage cernée de pins. S'il est à moi, à moi seulement, tout est possible.

Des dunes, des forêts de pin, une maisonnette devant la mer. Une Italienne vient nous servir et préparer nos repas.

La nuit nous sommes absolument seuls. Un soir Franz s'est allongé sur la plage, a posé sa tête sur mes genoux et s'est endormi. J'aurais voulu que le temps s'arrête, que cet instant de bonheur absolu devienne éternité. Mais c'est à ce moment aussi que tous mes efforts pour le garder m'ont semblé vains. Notre passion avait atteint une frontière, il fallait que je la lui laisse franchir seul.

Paris s'imposait avec mes deux filles, Daniel trop jeune resterait encore chez sa nourrice en Italie à Palestrina.

Le monde s'écroule sur moi. J'embarquerai à Livourne où Cosima me rejoindra. Blandine viendra de Rome avec sa gouvernante. « Je t'aimerai toujours, m'assure Franz la veille du départ, tu es ma force et ma lumière, nous nous reverrons bientôt à Paris. »

Bientôt ? Que signifie ce mot ? C'est celui de « seule » qui s'impose.

FRANZ

1839-1840

Marie, nos deux filles et deux domestiques sont en route pour Paris. Un vent de liberté souffle sur moi. C'est triste et presque incompréhensible.

Marie s'éloigne et avec la distance mon amour devient cérébral, émotionnel. Je n'accepterai plus l'idée qu'il puisse être une contrainte.

Devant moi s'ouvre la carrière de virtuose et de compositeur que j'ai toujours souhaitée. Je compte me rendre en Espagne, au Portugal, en Allemagne, en Autriche. Je m'arrêterai à Paris pour voir maman, Marie et nos filles puis ferai route vers la Pologne, la Roumanie, et si possible la Russie.

Penser à Marie m'obsède. Se peut-il que cette magnifique passion soit en train de s'étioler ? Pourrait-elle revivre après une longue séparation ? Pour moi Marie a été un incroyable cadeau de la vie. J'inspirais un amour fou à une femme que Paris fêtait. Elle a tout quitté pour un jeune homme talentueux certes mais qui avait encore à faire ses preuves. Sa passion a pris possession de moi. Au bout du chemin, trois enfants, la gloire pour moi, la solitude pour elle. Marie est amère mais je ne suis plus ce que j'étais à vingt-deux ans. Elle aussi a changé. Les années ont fait leur œuvre.

La vie telle que nous l'avons menée n'est plus possible. À Paris elle doit se vouer à l'écriture pour laquelle elle a des dons certains. Nos filles iront chez ma mère, rejointes plus tard par Daniel. Marie est incapable d'exercer la moindre autorité maternelle, d'en subir les contraintes. Savoir mes enfants chez maman me tranquillisera. Ils n'auront pas à subir les crises d'angoisse de leur mère, ses dépressions qui la laissent inerte des jours entiers.

La première lettre de Marie me parvient alors qu'elle est encore en Italie. « Comment quitter cette terre sans te dire un dernier adieu ? Comment voir se détacher de ma vie six années si pleines et si belles sans un immense regret ? Ô mon cher Franz, laisse-moi te dire encore le sentiment profond, inaltérable que tu as fait naître en moi, le sentiment d'une reconnaissance sans bornes pour tout ce que tu m'as donné. »

Je glisse la lettre dans mon portefeuille. Mes yeux sont embués de larmes mais ma décision est irrévocable. Revenir sur nos pas serait pitoyable et anéantirait à tout jamais ce qui nous reste d'amour l'un pour l'autre.

Marie est une femme malheureuse et insatisfaite. Quant à moi je ne ressens que culpabilité et désarroi.

J'ai trois symphonies de Beethoven à transcrire, véritable réplique des œuvres originelles. La musique... la musique...

MARIE

Tout est à reconstruire sur des ruines. Depuis le jour où Franz m'est rentré dans l'âme, mon existence d'avant lui est définitivement morte. Mon mari, mon hôtel particulier, mon château n'ont plus de signification, mais je veux revoir ma fille Claire si elle le veut bien. La reconnaîtrai-je ?

Blandine et Cosima, Franz l'ordonne, vivront chez leur grand-mère Liszt. D'ici quelques mois Daniel rejoindra ses sœurs. Pourquoi cette cruauté, cette humiliation ? Pense-t-il qu'ayant abandonné ma fille, je puisse aussi laisser derrière moi ses enfants ? Comme Franz me fait payer cher les sacrifices faits pour lui. Tous ces sacrifices... mais en étaient-ce ? J'avoue n'avoir pas cherché d'autres possibilités que cette fuite. Je n'ignorais pas qu'une vie de passion mais aussi d'errances s'ouvrait devant moi, une vie où tout changerait, moi qui avais vécu entre le quai

Malaquais et Croissy. Une vie sans Charles, sans Claire, sans ma mère ni mon frère. Une vie dont je n'entrevoyais pas la fin. Je devenais une vagabonde en immobilisant le temps. J'adorais un artiste en ignorant délibérément que les artistes ont d'autres ambitions que de se vouer à l'amour, à vivre sans public, sans création, sans la présence d'autres musiciens. Maintenant il vit sa vie, celle pour laquelle il est né. Et moi ? Sans doute étais-je venue sur cette terre pour être une femme du monde. J'ai voulu fuir ce monde, il me rattrapera. Suis-je une mauvaise mère ? Sans doute, je suis née pour l'amour, pas pour la vie de famille. À Croissy je voyais très peu mes filles. Il me fallait accueillir nos hôtes, les distraire. Leur présence était plutôt une gêne, et il m'arrivait d'oublier le baiser du soir, non par volonté mais parce que je n'avais pas le temps d'y penser. Et les trois autres enfants issus cependant de mon amour n'ont pas su toucher vraiment mon cœur. Celui-ci était ailleurs. Franz a souffert de les voir partir dans les bras de leurs nourrices, moi si peu. Ils n'étaient que la conséquence de mon amour.

Maman s'est convertie au catholicisme et est tombée en dévotion. Afin d'expier mon péché ? Elle publie de petits ouvrages édifiants pour enfants.

Mon frère m'aide à trouver un bel appartement rue Neuve des Mathurins, et m'a remis la moitié de la fortune qu'a laissée mon père qui n'était par ailleurs guère riche. Mais cela va me permettre d'acheter des meubles, de décorer avec goût mon nouveau cadre de vie. Franz doit s'y sentir heureux quand il viendra à Paris.

Bien installée je vais pouvoir recevoir mes vieux amis écrivains et artistes, les fidèles de l'Hôtel de France. « Ne doutez pas de vous, m'écrit Franz, sachez ce que vous valez et vous valez beaucoup. »

Je survis sans réel bonheur mais avec autant de panache que possible. À aucun prix je ne veux être prise en pitié. Lamartine, Théophile Gautier, Alexandre Dumas sont venus me visiter, Victor Hugo très brièvement. Lehmann, Sainte-Beuve, Eugène Sue sont des assidus. Émile de Girardin, fondateur et directeur de *La Presse*, de plus en plus souvent.

Ils partent, je regagne ma chambre et pleure. Je guette le courrier.

Si Franz me demandait de le rejoindre où qu'il fût, je n'hésiterais pas un seul instant.

En ce moment il est à Pest. En Hongrie, il reçoit un accueil triomphal. On lui remet une épée sertie de pierres précieuses, on l'ennoblit. Tel que je le connais il doit être gonflé d'orgueil. Mort, le fils d'un régisseur. Il revoit sa maison natale, partout on lui fait fête.

Pourquoi est-il si heureux, pourquoi me le dit-il ?

Sainte-Beuve est le seul à comprendre mon désarroi mais en dépit de ses mots spirituels il est incapable de me faire sourire. L'invitation à Nohant que j'espérais ne vient pas, encore une page tournée.

Trente-et-un mars. Un mot de Franz qui me fait défaillir. Il est à Meaux et sera à Paris le lendemain. Sans hésiter une seconde, je loue une voiture pour accourir à Meaux. Six mois sans lui.

Un long moment nous restons face à face. Pétrifiés nous nous regardons avec intensité. Puis ses bras s'ouvrent, je me jette contre lui.

Une nuit de tendresse infinie. C'est à Paris qu'il me racontera sa vie sans moi, dans notre chambre de la rue Neuve-des-Mathurins. Mais avec stupeur j'apprends qu'il a loué une suite à l'Hôtel de France. « Nous ne devons plus vivre ensemble, me dit-il d'une voix douce mais ferme. À quoi bon regarder vers le passé ? Rien ne fera le ressusciter. » Il me caresse les cheveux « Nous nous verrons tous les jours. »

Il s'enquiert de la santé de ses filles. Elles sont bien chez leur grand-mère ? Nous pourrons passer des journées tous réunis.

« Je t'aime toujours, me dit-il alors que nous nous apprêtons à revenir à Paris, d'un amour plein de tendresse, d'une immense affection. »

FRANZ

Printemps 1840

Marie me voue la même adoration, c'est touchant et désolant. Mais nous avons cessé de nous comprendre.

Pour moi elle a toujours une grande importance mais durant ces six mois j'ai pleinement vécu ma vie. Cependant personne ne m'a conquis comme elle le fit. Espère-t-elle exercer sur moi à nouveau cette fascination qui fit de moi sa proie ?

J'ai eu plusieurs aventures amoureuses au cours de mes tournées mais je ne promettais rien et mes maîtresses n'exigeaient rien. Quelques nuits de sensualité, de joie de vivre. Jamais de larmes ni de reproches.

Il faut que je rende sa vie à Marie. Elle doit se faire une place à Paris dans le milieu littéraire. Sainte-Beuve la pousse lui aussi à écrire. Veut-il devenir son amant ? Je doute que Marie ait le courage de se donner à un autre qu'à moi.

Tout en restant son ami le plus proche, je ne veux plus être entièrement responsable d'elle. Nous partageons des souvenirs inoubliables et nous avons trois enfants. Ils nous lient l'un à l'autre pour toujours. L'amitié ? Elle la refusera. Elle hait ce mot, le rejette avec horreur.

Je vois souvent mes enfants. Chaque dimanche ils viennent déjeuner chez leur mère et semblent heureux. Blandine est très jolie, très fine, très gracieuse, Cosima est brune, vive, décidée et autoritaire. Sensible déjà à la musique, elle m'écoute jouer avec extase. Daniel ne va pas tarder à arriver lui aussi à Paris. Je n'ai pas vu mon fils depuis si longtemps. J'aime mes enfants profondément. Cosima et Daniel ont des dons certains pour la musique. J'aimerais tant être leur mentor comme papa fut le mien, mais je ne le peux pas.

Il me faut bientôt partir. J'ai la charge de ma mère et celle de mes enfants, moi seul dois subvenir à leurs besoins.

L'Angleterre m'attend. Londres d'abord, et j'ai cédé aux supplications de Marie en lui permettant de m'y rejoindre en juin. De Londres nous pourrons nous rendre à Richmond où l'air est plus sain, puis à Greenwich.

Son bonheur m'attendrit et me remplit de tendresse pour cette femme dont la vie dépend tant de la mienne. Elle a déjà retenu son billet sur le Britannica qui part du Havre. Un ami l'attendra à Londres car je serai en pleine répétition pour mes concerts.

Six semaines avant son arrivée, mon public est enthousiaste mais la presse ne suit pas. Elle me voit comme « un briseur de pianos », et pire encore un séducteur qui a enlevé une mère de famille.

J'essaie de sensibiliser les Anglais à la musique tzigane qui m'a tant séduit en Hongrie. J'ai écrit des morceaux inspirés de ce folklore extrêmement riche.

Marie va bientôt arriver, je l'accueillerai avec joie. Pourvu qu'elle cesse d'espérer !

Je trouve un logement décent à Richmond où Marie me rejoint, déjà déçue, comme repliée sur elle-même. Pas question pour elle de m'accompagner à Londres. Pourquoi refuser de visiter cette belle ville avec ses monuments et ses parcs admirables ? Je sais qu'elle craint une maîtresse tapie quelque part et priée d'être discrète durant le temps de son séjour. Je n'en ai pas. Les efforts qu'exige la préparation de mes concerts m'accaparent entièrement. Nous passons des nuits ensemble. Elle veut plus d'ardeur, plus de sensibilité. Pense-t-elle qu'un brasier puisse renaître de cendres ?

Blandine et Cosima nous écrivent des lettres charmantes et les mots de « papa » et « maman » nous font sentir combien, plus tard, ces pauvres enfants vont souffrir d'être des bâtards. « Nous voilà une vraie famille, dis-je en plaisantant, n'est-ce pas merveilleux ? » Marie ne répond rien. Elle est blafarde. Pourquoi ne trouvé-je que des mots qui la déchirent ?

MARIE

1841

Je n'irai plus en Angleterre. Chaque instant passé là-bas m'a fait comprendre que Franz restait hanté par ses projets. Qu'il ne pensait qu'à eux. Nous sommes entrés lui et moi dans le froid hiver de l'absence.
Paris à nouveau. Je retrouve la paix, le silence, la solitude affective. Oui je vais céder à tous les conseils de mes amis, et commencer un roman. J'ai déjà le titre, *Nélida*. L'histoire serait celle d'une aristocrate qui tombe amoureuse d'un paysan devenu un grand peintre. J'y viderai mon cœur, crierai mes frustrations, mes rancœurs trop longtemps dissimulées au fond de moi, libérerai une agressivité toujours étouffée. Une façon de me soigner ? Un suicide ? Mais mon orgueil a trop longtemps été piétiné. Il faut que Franz sache combien il m'a fait souffrir, même si cette vérité heurte son propre orgueil.

J'ai des soupirants, je les décourage tous, même si Franz m'écrit : « Je veux et j'aime que vous ayez toujours toute votre liberté. Un jour vous me direz : "Untel m'a mieux sentie, et a plus intimement compris qui je suis et puis être". Rien, absolument rien ne sera changé entre nous. »

Ces mots me blessent profondément. Je prends ma plume : « Vous ne savez pas ce que vous êtes pour moi. Jamais homme n'a été aimé ainsi. Je vous attends. »

Je sais que j'ai de profondes contradictions, des débats intérieurs qui me font un jour vouloir me faire justice, le lendemain lui crier mon amour. Il a tout gagné, j'ai tout perdu. Nos brèves retrouvailles ne sont que reproches et amertume. C'est de ma faute. Durant les rares moments que nous partageons je ne peux que lui faire des réprimandes. Il me quitte pour dîner en ville chez de prestigieux admirateurs alors que nous avions prévu un moment d'intimité. Alors je deviens méchante. La passion est un poison.

Un célèbre journaliste patron du journal *La Presse* vient me visiter quotidiennement et se conduit en gentilhomme. Je ne souhaite pas être sa maîtresse ? Eh bien, je peux travailler pour lui, écrire des articles sur des sujets qui me tiennent à cœur, la musique, la littérature, la peinture, la société. Il me laisse carte blanche. Mais il a souffert de mon rejet.

« Quant à l'amour, comment être le rival de Franz Liszt, m'avoua-t-il. L'amour n'est pas la justice, l'amour n'est pas le devoir, il n'est pas le désir du corps non plus, et pourtant il contient mystérieusement toutes ces choses, et vous le savez. L'amour que vous portez à Franz vit encore au fond de votre cœur. Tout est dit. Maintenant travaillez. »

J'écris avec bonheur et facilité, mes articles sont appréciés et Émile de Girardin me le fait savoir. Franz se réjouit des liens que j'ai tissés avec lui. « Sa femme et lui forment une association affectueuse, comme j'aimerais que nous y parvenions ! » « Je ne connais, ai-je répondu, que des pulsations extrêmes. L'affection, l'amitié n'en font pas partie. »

Il veut revoir ses filles, et décide d'une réunion à Fontainebleau au mois d'octobre, quand la nature est si belle. « Je sais que vous approuverez ce projet. Ensuite je partirai pour Vienne où l'on m'attend. »

Le temps est doux, les arbres commencent à perdre leurs feuilles, les fleurs d'automne parsèment les sous-bois qui exhalent des senteurs d'humus. La présence des enfants empêche les reproches, et ce calme en famille a été pour moi un moment de bonheur que je ne pouvais plus imaginer. Avant de me quitter, Franz m'a déclaré : « Je vous aime tendrement ». Chaque mot doux est une dague plantée dans mon cœur. Une fois encore les souvenirs m'investissent : Franz dort, sa tête posée sur mes genoux. Les embruns de la mer se mêlent à l'odeur des pins et des touffes de thym. Ce souvenir donne une signification à ma vie.

Paris à nouveau. Franz veut que je prenne un nom de plume. Je cherche. Daniel, le prénom de notre fils s'impose, puis un nom allemand qui rayonne, « Stern ». Me voici Daniel Stern.

Sainte-Beuve m'emmène chez Juliette Récamier devenue une très vieille dame qui ne supporte que le clair-obscur pour dissimuler les ravages que le temps a faits à sa légendaire beauté. Elle m'accueille avec une extrême courtoisie, m'avoue qu'elle a entendu parler de moi et qu'elle m'admire.

Avec Sainte-Beuve je vais à l'opéra, au théâtre. Les grandes dames, mes anciennes amies continuent à m'ignorer. Je les trouve vieilles, aigries. Et moi ? Ai-je encore de l'éclat, de la beauté ? Je me contemple longuement devant mon miroir. Certes je reste svelte, suis élégante. Mes cheveux sont toujours de ce blond foncé que Franz aime tant mais mon visage est trop maigre, mon front trop haut. Mon nez s'amincit ainsi que ma bouche. Franz lui, conserve des lèvres admirables. Et cependant cette femme seulement jolie sans être exceptionnelle a inspiré un immense amour à un homme de génie.

Mon salon se reconstitue, Lamartine, Théophile Gautier, de temps à autre Alfred de Vigny que j'avais rencontré voici des siècles lorsque j'étais comtesse d'Agoult. Il m'avoua qu'alors je l'intimidais. « Mais au milieu de toutes ces sommités vous gardiez votre esprit mordant. Je vous admirais. »

Lamennais vient aussi me voir, lui qui s'était tant opposé à ma liaison avec Franz, Eugène Sue, mon vieil ami Sainte-Beuve. La vie de Paris, la ville dont madame de Récamier disait : « celle où on se passe le plus aisément du bonheur ». Mais l'infini, l'impossible me manquent atrocement.

FRANZ

1842

De temps à autre je reçois des nouvelles de Chopin, toujours installé à Nohant et dorloté par George. Il compose beaucoup et je suis jaloux de cette disponibilité. Quant à moi le temps me manque.

La liaison de Chopin avec George a pris un caractère conjugal, elle a sa chambre, lui la sienne. Ce genre de relation paisible est impossible entre Marie et moi. Rien n'a jamais été paisible entre nous, nous vivions dans la tempête, l'incendie.

Durant trois années j'ai été tout à elle, j'ai renoncé au piano. J'avais oublié les concerts, les applaudissements, je vivais un rêve. Puis je me suis éveillé. Marie l'a senti, est devenue jalouse, agressive. Je l'aimais toujours et il a fallu des années pour que je m'avoue n'avoir plus pour elle que de la tendresse. J'ai repris alors ma liberté. Son amour m'étouffait. George est un modèle pour moi. Elle a aimé avec passion tout en continuant une brillante carrière littéraire. Elle se montre une amie exceptionnelle et sait entourer, conseiller Chopin, le soigner, être captivée par ses œuvres. La passion... si aveugle, si intraitable, si folle, si cruelle.

Ai-je aimé Marie parce qu'elle était une grande aristocrate ? Sa hauteur pourtant m'a très vite blessé. À mes yeux, en se vantant de ses origines elle s'abaissait. Marie était un arbrisseau dont elle estimait les racines puissantes. Se croyait-elle d'une race supérieure ?

J'ai d'autres maîtresses. Maîtresse cependant n'est pas le mot juste car ces liaisons sont éphémères. Mais une femme pourrait me captiver pourvu qu'elle soit indépendante, tendre sans être accaparante, cultivée, amatrice de musique. Suis-je un utopiste ? Tous les artistes le sont, Chopin lui-même voit en George une amante alors que désormais elle n'est qu'une mère flattée d'être aimée par un génie. Elle a sur lui un grand pouvoir, comme au début de notre liaison Marie avait une immense autorité sur moi. La passion est un malentendu. En croyant donner, chacun reste centré sur lui-même.

Une femme a su réveiller ma sensualité, faire à nouveau de moi un amant ardent : Lola Montes. Nous avons partagé durant quelques nuits une brûlante liaison. On la dit espagnole, elle est irlandaise d'un père hobereau et d'une mère fille d'épicière, épouse d'un officier anglais expédié aux Indes. Vite divorcée et revenue en Europe. Une aventurière d'une grande beauté, une flamboyante amoureuse. Aucune revendication, aucune exigence. La vie à tombeau ouvert avant que nos chemins se séparent.

La musique est ma seule maîtresse, je lui donne tout. Plus de vie conjugale, même si Marie garde toujours un espoir, sans doute à cause de nos trois enfants qu'elle voit en otages de ma constance auprès d'elle.

J'ai une série de concerts à donner. Chaque ville est une découverte, une histoire d'amour.

Marie fait son chemin, sort enfin de sa coquille. Daniel Stern ? Un joli nom de plume.

Et elle publie *Nélida*, roman qui me dépeint sous un jour méprisable. Elle ajoute une pierre au « parvenu », mot jamais pardonné.

Je lui ai écrit une lettre de félicitations sans préciser que je trouve son livre pitoyable. Je suis plus grand seigneur qu'elle.

Je reste inflexible sur la garde des enfants. Elle n'a aucun droit légal à m'opposer.

Ce qu'elle aime ? Se montrer en victime.

Blandine est chez une gouvernante d'excellente réputation. Cosima et Daniel sont toujours chez maman. Si Marie se montre trop agressive, les enfants iront en Autriche. Ne sont-ils pas austro-hongrois ? Je veux rendre mes enfants fiers de leurs origines, fiers d'être des Liszt. Les Flavigny, les d'Agoult quelles traces laisseront-ils ?

MARIE

1842

Je peux perdre mes enfants. S'ils me demandent pourquoi ils n'ont pas de mère, je leur répondrai : parce que votre père ne veut pas que vous en ayez une.

Franz est brutal et lâche. Il n'a pas vraiment protesté quand, dès leur naissance, je les ai confiés à des nourrices, mais ai-je insisté pour que nous les gardions ? Franz est fort, décidé, je suis faible et vulnérable. Sa volonté a toujours été la mienne. Avant lui, ma vie n'a été qu'un vide immense. J'ai fait un choix pour lui donner un sens. Je dois assumer ce choix.

Il est à Madrid, à Séville, à Cordoue, à Cadix. Lors de sa visite dominicale chez moi, Blandine me montre une courte lettre affectueuse que son père lui a envoyée. Mes trois enfants ont une vénération pour Franz. Et pourtant il les voit si peu. N'aime-t-il que ce qui ne trouble en rien sa vie ?

Je reste à Paris, j'écris, je reçois maints amis. Balzac en visite chez George a cru pouvoir se moquer de moi en me campant sous le personnage principal d'un roman écrit à deux intitulé *Beatrix,* signé par lui. Notre rupture est définitive, la mesquinerie, l'ironie malveillante ont pris le pas sur l'amitié. J'y croyais même si tout, hormis la littérature, nous séparait. George, elle, savait exactement ce qu'elle voulait. Elle a été mariée, a eu des enfants, des amants, elle a voyagé, écrit des romans, a reçu une multitude d'amis à Nohant. George me fascinait, elle me voyait en personnage de roman, savait combien je l'admirais mais elle ne me rendait nullement cette dévotion.

Souvent elle s'étonnait de mes choix. Pourquoi ne pas avoir divorcé ? Elle avait bien franchi ce pas avec Casimir. Cela n'avait pas été facile mais le prix à gagner était la liberté, la vraie. Et elle avait gardé ses enfants. Comment lui expliquer qu'on ne divorçait pas chez les d'Agoult ? Les Dudevant étaient de petite lignée et Casimir, un bâtard, n'avait droit à aucun titre. Baronne ? Elle ne l'était nullement. J'ai été élevée avec le sens de l'honneur.

Ma fuite avait créé un scandale romanesque, mais divorcer était hors de question. Franz par ailleurs n'avait pas exigé cela de moi. Pourquoi m'aurait-il souhaité libre ? Pour m'épouser ? Il savait que je ne le souhaitais pas. Après avoir été la comtesse d'Agoult, être madame Liszt ? Son orgueil devinait tout. Et cependant mille fois j'ai songé à ce divorce, mille fois je l'ai trouvé absurde, infamant pour Charles et Claire. George rétorquait : « Charles se serait remarié, ma chérie, et tes enfants ne seraient pas des bâtards ». Elle se moquait de moi : « Je suis l'arrière-petite-fille du maréchal de Saxe, et le père de maman était oiseleur. Qu'avez-vous à faire de ces vielles fripes du passé ? »

Mais j'ai maintenant ma propre vie, même si le prix à payer est exorbitant.

Le matin je procède longuement à ma toilette, je veux, je dois rester attirante, élégante. Puis j'écris avant le déjeuner que je fais servir à onze heures trente. Vers quinze heures arrivent les premiers fidèles de mon salon. Ils partent tard, je donne alors à dîner, sors à l'opéra ou au théâtre, souvent au bras d'Émile de Girardin qui reste un admirateur plein d'attention et de respect. Je suis brouillée avec Balzac qui nous a qualifiés Franz et moi de « galériens de l'amour ». George a dû bien rire, elle qui m'avait juré une amitié éternelle. Désormais elle m'est franchement hostile. « Ce sont de misérables petites perfidies, m'écrit Franz, vous importent-elles tant ? »

Mon nouveau roman *Hervé* paraît dans la presse en décembre, George va se reconnaître dans cette femme perverse qui dévaste la vie d'un homme fragile. J'ai décidé de dédier ce petit ouvrage à Émile de Girardin. À qui d'autre ? Beaucoup de mes proches sont restés fidèles à Franz. Chopin, Balzac, Delacroix et notre cher Adolphe Pictet. D'autres les remplacent mais ils ne font pas partie des jours heureux.

Tout ce qui m'était à venir
Est advenu
Que sont mes amis devenus
Que j'avais de si près tenus
Et tant aimés ?
Ils ont été trop clairsemés
Le vent, je crois, les a ôtés

Lire cette complainte de Rutebeuf me fait toujours pleurer. Il m'arrive la nuit de me lever pour contempler le ciel, celui-là même qui nous éblouissait Franz et moi, blottis l'un contre l'autre au bord du lac de Côme, ou le soir sur la terrasse de

Nohant quand je dansais tandis que Franz laissait courir ses doigts sur le clavier. Je ne reconnais pas ces étoiles derrière mes vitres. Elles sont froides et indifférentes.

Un miracle se produit. Ma seconde fille Claire d'Agoult veut me revoir. Nos retrouvailles ont été pleines d'émotion. Elle avait les larmes aux yeux, moi la gorge serrée. Une vague de culpabilité me submergeait. Cette enfant, ma fille, était une inconnue. J'aurais dû la serrer dans mes bras mais n'osai pas. Ce fut elle qui m'embrassa la première. Nous nous parlâmes longuement. Non elle ne me détestait pas ; son père avait été merveilleux et n'avait jamais prononcé contre moi des mots désobligeants. Elle était entourée d'amis. Elle n'avait pas de mère ? Enfant elle se forçait à croire que j'étais morte. Ainsi elle pouvait me garder son affection. Plus tard, lorsqu'elle avait appris la vérité, elle avait cherché à me comprendre. Être libre : n'était-ce pas le rêve de beaucoup de femmes ? Elle n'osa pas me demander si j'avais été heureuse d'épouser son père. C'était alors une question que l'on ne se posait pas. Les garçons partaient à la guerre, les filles se mariaient.

Claire passe souvent chez moi sans m'adresser le moindre reproche pour l'avoir mise au couvent et abandonnée. À seize ans elle n'est pas très jolie mais pleine de charme, très attachée à son père. Elle sait que celui-ci veut bientôt la marier. Le prétendant est déjà choisi, et elle n'est pas opposée à cette union avec le marquis de Charnacé.

Maman est décédée, me laissant une belle fortune. J'ai acheté un hôtel avenue Sainte Marie du Roule. Construit en briques, nous l'appelons « la maison rose ».

Blandine et Cosima désirent me voir plus souvent que le dimanche. Elles viennent parfois en semaine et ont eu le malheur de confier ces escapades à leur père. La réponse a été brutale. Il ordonnait de cesser toute visite, même celle du dimanche, de cesser aussi de m'écrire.

Comment mon doux Franz, le père de ces petites en est-il venu à ces extrémités ? Veut-il me briser tout à fait ? Craint-il mes convictions républicaines dont je ne fais pas mystère dans mes articles ? Mais la réponse m'est vite apportée. Il est sous l'influence de la princesse Carolyne de Wittgenstein dont il est amoureux, et qu'il veut épouser dès que celle-ci aura obtenu l'annulation de son mariage avec un Russe fortuné. Fort riche elle-même, elle possède en Italie un admirable palais. Franz y dispose d'un appartement où il peut composer. Elle me hait, bien sûr, mais elle veut aussi s'introduire dans le cœur de mes enfants en leur écrivant et en leur offrant des cadeaux.

Courte visite de Cosima escortée de sa gouvernante qui ne s'éloigne pas d'un pas. Cosima n'est pas Claire. Elle me juge. Elle est sûre que je n'ai pas mérité son père auquel elle voue un amour sans limites. Franz est un dieu, moi une femme qui n'a pas su le comprendre, ni le rendre heureux. Envers moi elle n'use pas de mots tendres et n'hésite pas à me provoquer. Elle rêve de quitter Paris et de s'installer en Autriche ou en Allemagne. « Ici, juge-t-elle avec mépris, tout est superficiel, que des petits cénacles, que des enthousiasmes qui naissent et disparaissent du jour au lendemain, que des compliments hypocrites. Lorsque l'on m'interroge : êtes-vous la fille de Marie d'Agoult ? Toujours je réponds : Je suis la fille de Franz Liszt. »

« Dieu exerce mes prières, me dit-elle un jour, nous pourrons bientôt donner le nom de mère à cette princesse qui occupe déjà une grande place dans nos cœurs. Vous, vous serez toujours maman. »

FRANZ

1852

Sermonné par Carolyne à laquelle me lie un amour véritable, je me montre moins rigide. Mes filles ont désormais l'âge de sortir dans le monde, et maman ne peut assumer aucune mondanité. Dans la société de Marie, elles rencontreront des jeunes gens acceptables. Quant à Daniel, fort doué pour la musique, il partira bientôt l'étudier à Vienne. Marie peut donc revoir ses filles, je lui offre ce bonheur. J'aimerais tant avoir mes enfants à mes côtés devant mon piano. Carolyne les aimerait infiniment. Après les scènes, les crises de larmes de Marie, son calme, son équilibre m'apaisent. Je peux composer, jouer durant de longues heures. Je travaille en ce moment sur des pièces pour orgues et des oratorios. En France, l'Empire a créé de nouvelles ambitions, de nouveaux égoïsmes.

Carolyne s'intéresse avec passion à mon œuvre, m'encourage, me stimule. Elle aime le musicien, le maestro que je suis, et n'évoque jamais, comme Marie aimait tant le faire, ma beauté physique. J'aime sa solidité, sa vie personnelle active, sa foi aussi, car tous deux nous sommes des catholiques fervents. Marie, était indifférente à la religion. J'étais son seul culte.

Jamais je n'avais pensé pouvoir tomber à nouveau aussi amoureux. Mais j'ai vieilli et ce nouvel amour ne porte pas en lui la folie du précédent.

La passion, une drogue qui rend esclave n'est plus pour moi. Marie, la première, a été sous l'emprise de cette drogue puis elle m'en a fait goûter et j'ai trouvé l'enivrement qu'elle procurait délicieux. Elle avait tout, moi presque rien. Ce qu'elle représentait pour moi tenait du rêve.

Mais peu à peu la drogue a perdu de son effet et je suis retombé sur terre. Je me suis vu tel que j'étais, pris dans une délicate mais solide toile d'araignée. Puis les enfants sont arrivés et notre couple d'amants ne se prêtait pas à une vie de famille.

Ayant grandi choyé par mes parents, je savais pourtant combien était importante une vie stable et rassurante. Mais elle n'était acceptable ni pour Marie ni pour moi. Nous étions trop égoïstes sans doute.

La musique m'a ouvert les portes de la liberté : donner à nouveau des concerts était pour moi le bonheur ultime.

Mes absences furent d'abord de courte durée, puis de plus en plus longues, et je n'en souffrais pas. Marie quant à elle dépérissait, me jetait à la figure une pluie d'accusations, de reproches.

Avec Carolyne notre amour n'est pas dans le registre de la domination et de l'obéissance. Elle n'a ni la fragilité de Marie ni ses crises de désespoir.

Marie a sa vie désormais mais je ne la crois pas apte à avoir la lourde responsabilité de surveiller, d'éduquer deux jeunes filles à un âge où celles-ci sont tellement vulnérables. Oui je vais à nouveau briser le cœur de Marie et les faire vivre en Allemagne. Mon ami Hans von Bülow demeure à Berlin. Il sera à la hauteur de ses responsabilités.

Blandine vient d'être rejetée à Paris par la famille d'un jeune aristocrate dont elle était amoureuse et Cosima ne vit que pour la musique. Daniel qui est étudiant à Vienne serait ainsi proche de ses sœurs.

Paris est agité. L'Empire suscite de vifs remous. Il n'est pas bon de se montrer trop républicain. Marie doit être plus discrète, et son salon plus tempéré.

Carolyne a une chapelle dans son château, et tous les matins nous assistons ensemble à la messe.

Pour l'été j'invite mes enfants, et avertis Marie de ma décision. Une lettre outragée me revient.

« Je reçois ta lettre et j'en demeure si consternée que je ne puis rien dire. Ce que tu fais est contraire à l'honneur. Tu es sous le joug de cette juive qui passe sa vie dans les couloirs du Vatican. Grand bien te fasse ! Je vais mettre aussitôt les enfants en garde contre cette femme, et ordonner à Blandine et Cosima de regagner Paris. »

Blandine est revenue en France, et je l'ai laissée libre. Cosima n'a pas suivi sa sœur. Elle est fiancée à Hans von Bülow, et ce projet nous plaît, à Carolyne et à moi. Je ne peux la blâmer, même s'il est assez âgé pour être son père, Hanz est un très cher ami, il est exceptionnel. Il a dirigé l'orchestre pour la représentation de Lohengrin et obtenu un immense succès. Cosima désormais baigne dans l'univers de la musique, celui qu'elle aime.

Blandine est très courtisée à Paris, certes davantage par des rejetons de la bourgeoisie, mais par des jeunes gens de grande qualité comme Émile Ollivier que l'Empereur estime. Pourquoi pas ? Je lui souhaite seulement d'épouser un homme sérieux, pas un fou comme moi qui mettais de côté par amour un brillant avenir. Nous étions insensés, nous avons été malheureux. La passion est une porte ouverte au rabaissement de soi-même.

MARIE

Daniel, mon enfant, est mort de phtisie à Berlin dans les bras de sa sœur Cosima. Aussitôt qu'il a su son fils très malade, Franz est accouru à son chevet. Je suis restée, quant à moi à Paris. Que signifiait de partager ma douleur avec Franz ? Et je n'aimais pas l'idée de n'être pas la bienvenue chez les von Bülow. Cette décision cruelle et désespérante, George l'a prise elle aussi en n'assistant pas aux obsèques de Chopin avec lequel elle était brouillée. Ils avaient cependant tous les deux tant partagé !

Mon remords n'est pas d'être absente de Berlin mais de ne pas avoir assez chéri mon fils. Pendant plusieurs années après sa naissance il est resté en Italie. Quand nous nous sommes revus, nous étions étrangers l'un à l'autre. Pourquoi cet abandon de Claire à l'âge de six ans ? Pourquoi l'abandon de mes trois nouveau-nés ? Je voulais Franz tout à moi et à moi seule.

Ces pensées m'obsèdent. J'ai une haute opinion de moi-même alors que je devrais me maudire. Cosima s'est mariée à von Bülow sans sa mère, Daniel est mort sans sa mère. Je les ai abandonnés et pourtant ils m'ont toujours chérie. Ma petite Cosima en mariée ? Mon Daniel sur son lit de mort ? Je me raidis. À aucun prix je ne dois me mépriser. J'ai donné tout ce que j'éprouvais mais c'était sans poids face à Franz. C'est lui qui a assisté au mariage luthérien de Cosima, lui qui a fermé les yeux de Daniel. J'ai trop donné pour offrir encore quoi que ce soit à quiconque, fussent-ils mes enfants. Ils me rappellent trop un passé qui a détruit ma vie. Je crois que la vérité est celle-ci : je ne sais pas aimer avec modération, avec affection, avec tendresse. Franz était à moi, mes enfants étaient à Franz, « leur cher papa ». Claire et Blandine ont pu me pardonner, elles sont toutes deux mariées et heureuses. Claire est enceinte, Blandine a épousé un avocat très talentueux que j'estime infiniment, et est devenue madame Ollivier. Quatre enfants, une fille et un fils morts, deux filles mariées.

Au couvent qui éduquait les filles de la noblesse, j'ai pensé me donner à Dieu. Ne pas avoir d'enfant ne me causait aucun regret. Ce que je voulais plus que tout était de vivre dans un état d'amour absolu. Mes vacances, je les passais avec mon frère au Mortier, le petit château des Flavigny près de Tours. Entouré d'un beau parc dont une partie était restée à l'état sauvage. On ne pouvait en rien le comparer à mon futur prestigieux château de Croissy appartenant aux d'Agoult. J'y lisais beaucoup, tant des auteurs français qu'allemands. La bibliothèque était mon royaume.

J'ai quitté l'Allemagne à l'âge de douze ans et n'ai été mise au couvent qu'à l'âge de quinze ans. Ma mère, protestante, avait accepté du bout des lèvres, et sur les instances très fermes de son mari, que je sois catholique. Tout ce que maman avait eu de fantasque, d'intrépidité avait disparu après son mariage. Jeune veuve, héritière d'une famille de riches banquiers à Francfort, elle s'était mise en tête d'épouser le vicomte de Flavigny, un officier français cantonné dans leur ville. Face au refus catégorique de son père de la voir épouser un Français, de surcroît catholique, elle s'était enfuie du domicile paternel pour le rejoindre dans sa caserne. Le scandale avait secoué la ville et monsieur Bethman, son père, n'avait pu que consentir au mariage qui eut lieu en Suisse.

Papa haïssant Napoléon, maman était restée douze ans en Allemagne. À leur retour en France, mon frère Maurice a intégré un lycée et je suis restée au château du Mortier avant de rejoindre à nouveau l'Allemagne lors des Cent-Jours. Il a fallu alors me plier aux rudes principes de la grande bourgeoisie allemande, oublier mes interminables rêveries, mes promenades solitaires, mes lectures dans la bibliothèque du Mortier.

Au retour des Bourbon, les Flavigny avaient regagné leur château. Pendant deux ans je fus éduquée à la maison : sciences, histoire, géographie, latin, grec, littérature française, piano et harpe. Je pratiquais aussi l'anglais et l'italien et lisais en espagnol.

La mort de mon père, j'avais treize ans alors, a été un terrible malheur. Il a fallu regagner Francfort et se mettre sous la protection du clan Bethman. Des mois d'ennui dans les salons avec de vieux diplomates. Un miracle pourtant : une rencontre avec Chateaubriand. Enfin un appel à la vie, une passion naissante. J'avais lu toutes ses œuvres.

De retour à Paris j'ai intégré le couvent du Sacré-Cœur dans l'hôtel Biron. Plus âgée que la plupart des pensionnaires, je me suis sentie assez seule et très désorientée. Pas de lectures autres que la vie des Saints ou l'Imitation de Jésus-Christ, une culture des plus succinctes. Qui donc était Sophocle, qui était Platon dont j'essayais de parler à mes amies ? L'éducation comprenait des cours de piano sur de mauvais instruments, des cours de broderie et d'aquarelle. Et en dépit de cette médiocrité, la paix, la sécurité du couvent après ces années d'errance me rassuraient.

Un jour, maman est venue me chercher, et j'ai dû faire mes adieux à mes compagnes et à la Supérieure, madame de Gramont. « Fuyez, m'a-t-elle dit, les dangers du monde. »

Et loin de les fuir, je leur ai ouvert les bras à l'instant où, déjà mariée et mère de deux filles, j'ai rencontré Franz Liszt. Cette passion foudroyante était-elle le résultat de toutes ces années de soumission et d'ennui ? Au Mortier seulement j'avais été heureuse.

Charles le comte d'Agoult étant un parti très acceptable, maman ne m'avait guère laissé le choix. Un autre jeune homme m'avait auparavant séduite mais j'étais tellement timide que je n'avais pas osé lui adresser la parole.

Avec Charles j'ai su affirmer mes goûts. Il ne cessait de répéter que j'étais belle. Vite cependant, après la naissance de nos deux filles, l'indifférence s'est imposée. Nous avons désormais fait chambre à part. Cette confortable routine me désespérait et Franz m'a bouleversée. L'homme quant à lui était un lumineux mystère. Le rêve rejoignait le réel. Un long moment d'amour muet. Puis un feu dévorant. La vie enfin !

Un domestique entre. Il a un billet à me remettre. Ma main tremble en le prenant. J'ai reconnu l'écriture de Franz.

Une nouvelle stupéfiante, Franz va arriver à Paris. Nous allons nous revoir. Le billet est bref mais l'essentiel n'est pas dans les mots. Bientôt je serai dans ses bras. Je vais organiser un déjeuner, inviter Blandine et son mari, d'autres amis susceptibles de l'intéresser, des hommes politiques sans doute.

Durant le repas, Franz qui est arrivé le dernier ouvre à peine la bouche. « Pouvez-vous vous débarrasser de ces fâcheux ? me demande-t-il en me quittant.

– Venez demain après-midi, nous serons seuls. »

Ces « fâcheux » étaient mes amis républicains, ma fille et mon gendre Émile Ollivier.

Après avoir subi l'humiliation d'être rejetée par une famille d'aristocrates pour laquelle une alliance avec une bâtarde était inenvisageable, elle avait rencontré chez moi ce jeune avocat, républicain certes mais très ouvert d'esprit, écrivain talentueux, homme de cœur. Bien que républicain il acceptait tout régime libéral. « Améliorer plutôt que détruire », affirmait-il. Il n'était pas hostile à un éventuel second empire. Ma jolie Blandine et leur mariage m'avaient comblée. Les Ollivier étaient d'origine marseillaise, le père était un farouche républicain qui avait vu un de ses fils tué en duel par un monarchiste. Il ne pouvait envisager le retour de l'Empire. Quand Émile se présenta comme député pour la troisième circonscription de la Seine, j'avais écrit dans *Le Siècle* un article en sa faveur et ne fit aucune restriction quant à son engagement politique auprès du nouvel empereur. Il ne pensait qu'à l'intérêt de la France, et cet homme brillant pouvait beaucoup pour notre pays. Marié à Blandine, il allait fréquenter les cercles républicains avec ses amis comme Jules Favre, Ernest Picard, tous des familiers de mon salon, mais il entretenait aussi des liens solides avec les libéraux qui avaient accepté l'Empire. Parmi les dames entourant l'impératrice, Blandine, je le savais, ferait merveille. Comme moi elle avait reçu une excellente éducation et avait la classe des Flavigny.

Son mariage avait été pour moi une joie immense. Étaient présents tous mes amis, tous les familiers de mon salon et des partisans de l'Empereur qui voteraient pour lui à la condition qu'il respecte les libertés civiques. Mon gendre aimait les arts et appréciait les artistes. À la grande joie de Blandine, Émile fut proche de ses deux beaux-frères, von Bülow et surtout Wagner.

Le mariage de ma Blandine et d'Émile restera pour toujours dans ma mémoire. Elle, si jolie, si fine dans sa robe de mousseline au corsage brodé de perles. Son voile de dentelle avait appartenu à ma mère.

Franz faisait partie d'un autre monde.

Il est quatre heures. Je suis assise sur une bergère en face de Franz. Le voyant de près et en plein jour, je le trouve très changé. Ses traits si harmonieux sont durs. Il a gardé ses cheveux coupés. Ramassée en chignons, ma chevelure est blanche, des rides entourent la bouche qu'il a tant embrassée. Qui suis-je désormais pour lui sinon un fantôme ?

« Soyez heureuse, me dit-il enfin, je ne vais pas épouser Carolyne, le pape refuse de dissoudre son mariage. Mais pour rien au monde elle ne me quittera, et elle m'offre un appartement dans son palais. Elle me laisse libre. »

Je balbutie : « On peut s'aimer sans être mariés ».

Franz esquisse un petit sourire.

« Nous le savons, n'est-ce pas ?

Que lui répondre ? Comment lui expliquer que je n'ai jamais souhaité divorcer. Il le sait certainement.

« Cosima voulait vivre avec ses quatre filles et son fils Richard. Elle n'aimait plus Hans von Bülow.

– Deux filles de von Bülow, deux filles illégitimes de Wagner, puis un fils légitime. Comme cet enfant que je connais si mal me ressemble », dis-je.

Je suis songeuse et triste. Cosima a réussi sa vie, elle a eu un mari de grand talent, un amant génial qu'elle a épousé. Elle est entourée, absorbée par la musique, songe à créer un grand festival à Bayreuth. Et cependant elle n'avait pas les chances de la jolie Blandine, morte deux mois après avoir mis au monde un petit Daniel. Une vie dans l'ombre de son père et plus tard de la mienne.

Daniel durant sa courte vie fut tellement seul.

C'est en allemand que Cosima et moi échangeons nos rares missives. Jamais de mots tendres. Elle me narre avec enthousiasme sa vie aux côtés de Wagner.

Pour ma part rien ne m'exalte plus, je ressens une désaffection pour tout ce que j'ai aimé autrefois. Pourtant à cet instant je suis bouleversée en revoyant Franz, mon Franzi.

« Revois-tu nos amis ?

– Certains.

– George ?

– Non, nous n'avons plus aucun contact. Elle est une excellente grand-mère et on la nomme “la bonne dame de Nohant”. Tout est donc possible ».

Franz esquisse un sourire. Je sais qu'il vit toujours avec Carolyne. Ils continuent de s'aimer après toutes ces années. Avons-nous eu trois ans ou cinq de réel bonheur ? Je ne sais plus.

Je reprends la parole d'une voix douce.

« Avez-vous aimé George ? »

Franz reste songeur.

« Non, mais elle m'a énormément intéressé.

– Par ses œuvres ?

– Par sa personnalité hors du commun. Elle pouvait être triviale, grossière même, tout en restant une femme désirable et admirée. Elle avait aussi du talent, des amis remarquables. »

Un rayon de soleil perce les vitres des fenêtres du salon qui donnent sur le jardin. L'automne a doré les feuilles des arbres plantés le long du mur. Les roses s'étiolent mais les dahlias gardent leurs flamboyantes couleurs.

George a de la chance. Aucun petit enfant ne joue dans mon jardin. Certes je suis allé voir Cosima en Allemagne à deux reprises, ses fillettes sont charmantes, son petit garçon exquis mais ils restent des inconnus, intimidés par moi et moi par eux.

Le regard de Franz est poli, presque lointain. Et cependant nous avons partagé une telle passion. Lorsqu'il me désirait, et il me désirait souvent, son regard me fascinait, me faisait trembler.

Il hésite.

« Je vais accomplir ma foi et prendre les ordres mineurs, devenir abbé. »

Il pose un baiser sur mon front.

« Que Dieu vous bénisse, murmure-t-il. Puissiez-vous ne pas me vouloir du mal. »

J'entends son pas qui descend l'escalier.

Franz abbé ? Le temps détruit tout, il va être l'abbé Liszt, je suis Daniel Stern. Que reste-t-il de nous ?

Tout disparaît dans les plus affreux malheurs.

Silence de George, jamais un mot de consolation. Lequel d'entre nous laissera un nom à nos descendants ? George, peut-être. Franz certainement. Et moi ?

FRANZ

En quittant Marie j'étais bouleversé. Tant de silence, presque d'indifférence, alors que j'aurais voulu qu'elle m'avoue être heureuse. Marie a tellement changé. Elle n'est plus ma Marie mais une femme vieillissante qui semble n'avoir plus aucune illusion, qui joue la comédie de la parisienne admirée, de la républicaine engagée. Ses ouvrages sont sans intérêt, elle ne fait qu'y régler des comptes. Elle est l'amoureuse de Chateaubriand de Musset, de Goethe ? Pourquoi ne m'a-t-elle jamais jeté à la figure ces reproches qui forment l'essentiel de ses ouvrages ? Tout ce que je pouvais lui donner, je lui ai donné : trois années entières de ma vie, à un âge où je devais m'imposer comme pianiste virtuose. La musique que j'ai écrit n'était pas alors à mon niveau, elle était dépourvue d'émotion. Aujourd'hui où mon cœur est en paix, je peux libérer mes passions.

Demain nous parlerons de Cosima, une fille que j'adore et admire, et dont Marie semble se désintéresser. Elle a montré le courage que Marie n'a pas eu : accepter la marginalité, divorcer. Wagner et ma fille vivent une union parfaite. Marie et moi n'avions en commun que nos rêves, des illusions. Cosima partage avec Richard son prodigieux univers musical, Marie ne s'est jamais vraiment intéressée à ma musique. Les enfants auraient pu nous unir dans la paix mais son égoïsme lui interdisait de se consacrer à eux.

J'ai le temps de flâner avant un dîner chez mon ami Charles Gounod, un proche de mon gendre Ollivier, et musicien réputé. *Faust, Romeo et Juliette* sont des chefs-d'œuvre. Si critique de l'opéra lorsque Marie et moi habitions Milan, j'en suis maintenant grand amateur. En plaisantant, Gounod m'a un jour avoué vouloir échapper à l'influence de Wagner. Mais qui le peut ?

Je passe la Seine, longe l'École des Beaux-Arts. Je ne sais pas pourquoi mes pas me conduisent sur le quai Malaquais. L'hôtel d'Agoult dont j'ai si souvent franchi la porte appartient aujourd'hui à Maurice qui peut l'entretenir grâce à la fortune maternelle. Marié, père de famille, il mène la vie qui déplaisait tant à Marie. Jamais elle n'est revenue sur son passé, jamais ne l'a évoqué, cependant je devinais en elle quand elle baissait sa garde une certaine nostalgie. Le mariage de Claire avec le marquis de Charnacé l'a sans aucun doute enchantée. La mère et la fille ont renoué des liens d'affection. Un retour aux sources ? J'ai rencontré le jeune marquis lors d'un déjeuner. Un bel homme qui a grandi dans le Paris exclusivement aristocratique, a eu voiture et chevaux dès l'âge de dix-huit ans. On ne peut rien lui reprocher. Et ma Blandine enceinte est ravissante, elle ressemble à sa mère au même âge. Blandine et Cosima suivent des routes opposées. Quoi que Marie en pense, j'ai toujours aimé Blandine et estimé infiniment son mari, même si je ne partageais pas ses convictions politiques.

Quand j'écoute des œuvres de mon ami Chopin je suis magnifié, quand j'entends parler Blanqui je deviens sourd.

Les années vécues avec Marie m'ont rendu exigeant sur la profonde qualité des rapports humains. Plus l'autre vous exalte, plus on risque d'être sans indulgence quand tombent les œillères. C'est à soi qu'on en veut. J'ai cru avoir des ailes que je n'avais pas encore.

J'ai hâte de regagner l'Allemagne et l'Italie. Paris a tellement changé avec l'Empire, moi aussi.

MARIE

1874

Je m'adapte à l'Empire. Louis Napoléon s'est entouré d'hommes de valeur dont mon gendre. Et demeurent des moments qui me touchent profondément. Ce soir même, je reçois une longue lettre de Cosima, comme si ma fille avait deviné qu'elle ne pouvait m'abandonner elle aussi, que j'avais besoin de garder un lien, quel qu'il soit, avec son père et avec elle, née en Italie au temps de mes brûlantes amours.

Elle m'écrit en français, quelle surprise !

« Mère »

Jointe à sa lettre une photographie d'elle.

Elle est assise dans un fauteuil, Richard est debout. Il a une main dans la sienne. Et quel amour dans leur regard !

Je contemple un long moment la photographie. De profil, Cosima ressemble tellement à son père ! Le même nez, la même bouche.

« Richard et moi allons créer un festival à Bayreuth au nord de la Bavière, une petite ville aristocratique que vous apprécieriez. Ce sont des architectes français et italiens qui l'ont construite. Le palais est placé en fantaisie au milieu d'une nature sauvage. On n'y trouve trace de cette terrible civilisation industrielle.

Nous allons y installer notre entreprise et, tout près, y faire construire notre maison, même si le roi Louis II de Bavière semble hostile à notre projet. Mais nous avons l'un comme l'autre de solides appuis. À ce roi nous ne demanderons rien de plus que l'autorisation de mener à bien notre dessein. Mais il nous faut réunir des capitaux et je m'y emploie avec ardeur. J'ai l'idée d'émettre des certificats de patronage qui donneraient aux souscripteurs le droit d'assister gratuitement à toutes les représentations.

De leurs côtés, papa et Carolyne nous aident aussi. Beaucoup de Berlinois semblent répondre favorablement. Nous comptons ouvrir ce festival dès cet été. Nous allons produire les *Nibelungen*, même si le roi, trop occupé par la construction de ses châteaux, ne montre guère d'empressement à nous épauler.

Pour l'anniversaire de Richard, nos filles étaient toutes vêtues de costumes de personnages de ses œuvres et je portais le petit Siegfried dans mes bras. Dès la fête achevée, Richard s'est remis à travailler au *Crépuscule des Dieux*. S'il bute sur un problème, je suis là. Il va commencer *L'Or du Rhin*.

Brahms nous visite parfois. Je ne pense pas que vous ayez rencontré cet homme extraordinaire (et beau comme vous les aimez).

Voilà, nous sommes sur le départ pour Bayreuth. C'est la consternation ici. Les domestiques pleurent, le chien Russ ne mange plus. Richard et moi emballons lettres et manuscrits.

En attendant que notre nouvelle demeure soit prête, nous avons réservé des chambres pour tout l'été dans un hôtel (le croiriez-vous ?) qui a pour nom La Fontaine, en français.

Papa ne peut venir à la répétition générale du 21 mai, mais la princesse Wittgenstein, ma deuxième mère, sera là. »

Je ne lis pas les dernières lignes. Ce qui aurait pu être une joie pour moi ne me donne qu'amertume et un terrible sentiment douloureux. Est-ce possible que la plaie ne soit pas encore fermée ? J'aurais dû mourir le jour où Franz a cessé de m'aimer.

Mais je suis si fière d'avoir donné la vie à Blandine, Cosima et Daniel. La mort de Blandine reste une profonde déchirure. Elle a eu une jeunesse chaotique par ma faute et celle de Franz. Envoyée en Allemagne elle n'y fut pas heureuse et ne rêva que de regagner Paris. Certes j'ai été d'abord hostile à son mariage avec Émile Ollivier, mais j'ai appris à profondément apprécier cet homme d'une si grande intelligence, aux convictions politiquement modérées.

Six ans après la mort de Blandine, il s'est remarié avec une femme qui aime le petit Daniel comme son fils, et lui a donné trois autres enfants.

L'Empire a affaibli mes batailles politiques et par ailleurs je n'ai plus l'humeur batailleuse d'antan. Mes occupations favorites restent la lecture, la musique et quelques voyages pour rejoindre de vieux amis.

Mon salon n'est plus très couru. Des jeunes femmes présentent plus d'attrait. Mais quelle vie fut la mienne !

Cosima est heureuse. Peut-être était-ce la vie qu'elle partage avec Wagner que j'aurais dû offrir à Franz. C'est l'année de la mort de Blandine, en 1862, que les liens jusqu'alors amicaux qu'elle avait noués avec Wagner se changèrent en sentiments amoureux. « Quand Wagner écrivait la partition musicale des *Maîtres chanteurs de Nuremberg*, m'écrivait-elle, il fut résolu à se séparer de sa femme. Je sus alors que je lui appartenais et fus envahie d'une joie indicible. Mais j'étais toujours l'épouse de von Bülow et mis au monde ma petite Blandine. Entre Wagner et moi, il n'y a rien que de la tendresse et du désir. »

Le désir, je l'ai connu ô combien, mais la tendresse jamais. Seulement la passion, l'amour fou.

Longuement je pense à Cosima. Franz à cette époque n'appréciait guère Wagner parce qu'il n'avait aucune sympathie pour la princesse Wittgenstein. D'après Wagner elle exerçait une influence étouffante sur Franz. Mon Franzi aura donc aimé se donner à des femmes qui espéraient le posséder.

Ils se réconcilièrent. Wagner et Franz étaient des génies. Deux êtres d'une telle valeur ne pouvaient s'ignorer.

Cosima avait accompagné son père à Löwenberg et à Paris. Je retrouvai ma fille avec une joie immense mais Franz et moi nous ne revîmes pas.

Dès leur retour en Allemagne, Franz écrivit à von Bülow pour le supplier de se résigner : Cosima et Wagner s'aimaient. Elle allait bientôt le rejoindre avec ses deux filles à Munich.

Le dix avril 1865, alors qu'Émile Ollivier faisait partie du cabinet ministériel de Louis-Napoléon, eut lieu la première répétition de *Tristan et Iseult*.

Ces deux noms me déchirent le cœur. En dépit de tous les obstacles, Tristan et Iseult surent garder leur passion intacte jusqu'à la mort. Deux êtres légendaires.

J'aime encore Franz, mais lui ne sait pas se donner pour longtemps. Il n'a pas épousé la princesse devenue veuve, même s'ils continuent à vivre dans le même palais.

À plusieurs reprises il a demandé à sa fille de ne pas « étouffer » Wagner. Quelle blessure pour moi !

On trouve que je deviens étrange. Toute féminité n'est pas morte en moi cependant. Mais à quoi sert-elle ? Me restent des souvenirs assez brûlants pour me faire voyager seule en Italie. Là, je deviens monarchiste, la république ne sied pas à ce pays pour lequel l'élégance, la beauté sont tout.

À Bellagio, à Rome, à Florence, je ne cesse de penser à Franz. Il reste planté comme un poignard dans mon cœur. L'Italie est ma patrie d'adoption, car moitié française, moitié allemande, je redoute de graves conflits entre mes deux pays. Je ne peux cependant en renier aucun.

Maintenant Cosima et mes petits-enfants sont allemands. Ma fille a vécu le drame qui fut le mien mais à cet instant elle est heureuse. Je ne peux que me taire.

Le 2 janvier 1870, je lui écris :

« Ton beau-frère Émile Ollivier est au pouvoir, dans un empire désormais libéral mais bien menacé. Cet homme est tellement doué ! Et dire que j'ai douté de lui lorsque notre chère Blandine m'annonça ses fiançailles ! Plus que tout il souhaite la paix, et nous aurons, malgré tout, la guerre entre ton pays et le mien. Nous allons, dit Émile, déclarer la guerre "l'âme désolée".

Tu m'écris, ma chère fille, des lettres de mépris pour ce pays qui est aussi le tien, même si tes mots montrent que tu entretiens une grande rancune contre lui. Émile va être renversé. Ce sera mieux pour lui. L'Empire est à l'agonie.

Quant à moi, j'écris dans la presse, je tente, moi la dernière Allemande, de défendre la France.

Tes lettres, mon enfant, me froissent. Cette guerre, si elle est glorieuse pour l'Allemagne, est terrible pour la France.

Je vais venir te voir, l'ultime voyage d'une vagabonde ! »

Comment se fait-il que Cosima et moi nous nous soyons senties étrangères, alors que j'étais si proche de Blandine conçue avant que ma vie ne soit liée pour toujours à celle de Franz ?

Revoir ma fille me rend heureuse et me fait du mal tant elle ressemble à son père.

Franz est un vieux monsieur qui parcourt de plus en plus difficilement l'Europe, toujours fêté par les foules mais tellement solitaire... comme je le suis moi-même.

Nos vies ont été en apparence remplies et entourées. Vraiment ? Jamais nous n'aurions dû nous quitter. La séparation a dévasté nos existences.

Restent nos très fidèles amis, une vie sociale que je refuse de voir mourir. Je suis toujours républicaine. La République est la seule grande chose qui reste à la France. Au soir de ma vie, je me sens totalement passionnellement française.

Je n'ai aucune nouvelle de George Sand. Hortense Allard brûle les lettres de Sainte-Beuve qui l'a tant aimée. Tout part en cendres.

Je suis moi-même comme derrière un voile. Ce voile me cache le règne mesquin de Louis-Philippe, celui sans passion de Napoléon III.

Nous sommes en 1872, mon frère s'éteint, ce sera bientôt mon tour et au fond de mon cœur, sur mon lit de mort, c'est Franz que j'appellerai. C'est à lui que je murmurerai mes derniers mots d'amour.

ADDENDUM

Liszt mourut à Bayreuth dans les bras de sa fille Cosima en 1886.

Trois années plus tôt Wagner décédait à Venise. Liszt avait assisté à ses obsèques célébrées à Bayreuth sous le rite luthérien.

Marie d'Agoult était morte dix années avant Franz en 1876.

Après la mort de Richard Wagner, Cosima vécut dans la plus profonde solitude avant de reprendre la direction du festival de Bayreuth. À quatre-vingts ans elle en laissa la responsabilité à son fils Siegfried.

Cosima mourut en 1930. Son corps repose à côté de celui de Wagner.

Déjà parus aux Éditions Intervalles

LITTÉRATURE
Parano, de Jan Lars Jensen
Douze histoires cul sec, d'Anthony James Perry
D'amour et d'Amazone, d'Anthony Smith
À la recherche d'Hassan, de Terence Ward
Le roman que je n'ai pas écrit, de Linda Grant
Nos années folles, de Linda Grant
1421, l'année où la Chine a découvert l'Amérique, de Gavin Menzies
Twelve Bar Blues, de Patrick Neate
Jérusalem, de Patrick Neate
Les mots pour jouir, de Martin Melkonian
Cent un jours à Bagdad, de Åsne Seierstad
Les Ailes de Sarajevo, de Bill Carter
Boom, Bust, Boom, de Bill Carter
Le Sang des âmes, de Theo Hakola
Rakia, de Theo Hakola
La fin est mon commencement, de Tiziano Terzani
Un devin m'a dit, de Tiziano Terzani
Un autre tour de manège, de Tiziano Terzani
Lettres contre la guerre, de Tiziano Terzani
Bonne nuit, Monsieur Lénine, de Tiziano Terzani
En Amérique, de Tiziano Terzani
Des fantômes, de Tiziano Terzani
Soname ou la bonne fortune, de Soname Yangchen
La demoiselle de Sing Sing, d'Idanna Pucci
Collection irraisonnée de préfaces à des livres fétiches, de M. Page et T. B. Reverdy (dir.)
Les Petites Fées de New York, de Martin Millar
Kalix, la loup-garou solitaire, de Martin Millar
Kalix, la malédiction de la loup-garou, de Martin Millar
La Déesse des marguerites et des boutons d'or, de Martin Millar
Nos mots croisés, de Daphné Kauffmann
Un personnage en Italie, de Daphné Kauffmann
Le Sens de l'équilibre, de Daphné Kauffmann et Clément Leroy
Les Tribulations d'un opiomane (1895-1915), de James S. Lee
Softcore, de Tirdad Zolghadr
Raga Mala, de Ravi Shankar
Voyage au pays des juges, de Jean-Claude Boulard
Le Cartographe, de Guillaume Jan
Traîne-Savane, de Guillaume Jan
Marie et les Autres, d'Axel Léotard
18 % gris, de Zachary Karabashliev
Détrompez-vous !, de Jean Szlamowicz
Les Meilleures Intentions du monde, de Gabriel Malika
Qatarina, de Gabriel Malika
Au nom d'Alexandre, d'Olivier Auroy
L'Amour propre, d'Olivier Auroy
Le Dicorona, d'Olivier Auroy
Christiania ou les enfants de l'utopie, de Laurène Champalle
Comme sur un lit de roses, de Millard Kaufman
Des bambous dans la surface de réparation, de Rowan Simons
Petit journal de bord des frontières, de Gazmend Kapllani
Je m'appelle Europe, de Gazmend Kapllani
La Dernière Page, de Gazmend Kapllani
Le Pays des pas perdus, de Gazmend Kapllani
Voyages sur Chesterfield, de Philippe Coussin-Grudzinski

Là-Batz, le roman d'une île, de Guénaëlle Daujon
Le Jardin de Georges, de Guënaelle Daujon
Les Enfants de l'exil, de D. Guelar, V. Jarach, B. Ruiz
Doris Darling, de Ben Elton
Les Menteurs, d'Anthony Neilson
Absolut Barbarian trip, d'Elias Jabre
Comic Strip, d'Arnaud Modat
Bye bye Leningrad, de Ludmila Shtern
Un psychopathe et demi, d'Elias Jabre
Zeus, de Sébastien Gendron
La Nuit des secrets, de David Doma
Le Monde selon Cheng, de Stéphane Reynaud
Avec les hommes, de Mikaël Hirsch
Notre-Dame des Vents, de Mikaël Hirsch
Libertalia, de Mikaël Hirsch
Quand nous étions des ombres, de Mikaël Hirsch
Les Heures pâles, de Gabriel Robinson
Découvrez Mykonos hors saison, de Richard Gaitet
L'Aimant, de Richard Gaitet
Sotchi inventaire, de Jean-Claude Taki
La Paix à l'oeuvre, de Menahem Begin et Anouar el-Sadate
L'argent a été viré sur votre compte, de Dimitris Sotakis
Comment devenir propriétaire d'un supermarché sur une île déserte, de Dimitris Sotakis
Une famille presque parfaite, de Dimitris Sotakis
Un grand serviteur, de Dimitris Sotakis
Demi-cœur, de Dimitris Sotakis
Une bien modeste famille, de Da Ngân
Ça pourrait bien être votre jour de chance, de Mileta Prodanović
Baby Baby, de Marianne Groves
Dans la peau d'un monstre (gentil), d'Yves Brunier
Hôtel International, de Rachel Vanier
Écosystème, de Rachel Vanier
Physique de la mélancolie, de Guéorgui Gospodinov
Un roman naturel, de Guéorgui Gospodinov
Tous nos corps, de Guéorgui Gospodinov
La Belle Affaire, de Sonia Ristić
Des fleurs dans le vent, de Sonia Ristić
Saisons en friche, de Sonia Ristić
Triptyque en Ré mineur, de Sonia Ristić
Celles qui se perdent, de Sonia Ristić
Pornification, de Jean-Luc Marret
Explorations sur le terrain du sexe ukrainien, de Oksana Zaboujko
Weiwei-ismes, d'Ai Weiwei
Notre humanité, d'Ai Weiwei
Le Muscle du silence, de Rouja Lazarova
À la trace, de Carole Zalberg
La Bataille de Penang, de John Robertson
Ping-Pong, de Park Min-kyu
Les Bonnes Mœurs, de Timothée Gaget
Tante Rosa, de Sevgi Soysal
La Porte de la mer, de Youcef Zirem
Nouvelles nouvelles d'Azerbaïdjan, de Michka Assayas (dir.)
Le Peintre et la Voyageuse, de Patricia Almarcegui
Carnets perdus du Japon, de Patricia Almacergui
L'homme qui ne voulait pas devenir président, de Julien Leclercq
Bouddha Boudoir, d'Elsa Levy
Le Sourire du chien, de Dimana Trankova

La Caverne vide, de Dimana Trankova
Dans l'ombre du viaduc, d'Alain Delmas
Xéno, d'Alain Delmas
Femme de seconde main, d'Uršul'a Kovalyk
L'Écuyère, d'Uršul'a Kovalyk
Petits Hommes, de Konrad Laghos
La Voix de Cabo, de Catherine Baldisserri
Le Merle bleu, de Vesna Maric
Les adultes n'existent pas, de Sylvia Hansel
Cannonball, de Sylvia Hansel
Bulle de savon, de Sylvia Hansel
Les fruits encore verts, de Wioletta Greg
Une petite vie, de Khosraw Mani
Le Pélerinage, de Tiit Aleksejev
Deuxième mi-temps, d'Hugues Serraf
Le Dernier Juif de France, d'Hugues Serraf
La Vie, au fond, d'Hugues Serraf
Avenida Vladimir Lénine, de Constance Latourte
Le Ballet des retardataires, de Maïa Aboueleze
En haut de l'affiche, de Fabrice Châtelain
Le Mâle du siècle, de Fabrice Châtelain
Cafard noir, de Stéphane Rose (dir.)
Le Chien, son maître et les parents proches, de Tagbumgyal
Dieu, le point médian et moi, d'Anne Robatel
Contrechants, d'Anne Robatel
La littérature n'est pas qu'un sport de combat, d'Anne Robatel
La Correction, de Guillaume Lafond
La Colère selon M, de Guillaume Lafond
Sanatorium, de Barbara Klicka
Ton fils Huckleberry Finn, de Bekim Sejranović
La Vie suspendue, de Baptiste Ledan
Le Voyageur amoureux, Baptiste Ledan
Un été à Anafi, de François-Xavier Freland
À l'école de l'universel, de François-Xavier Freland
Filles de l'Est, femmes à l'Ouest, d'Élisabeth Lesne (dir.)
Cancel ! d'Hubert Heckmann
Petit manuel de postmodernisme illustré, de Shmuel Trigano
Qui est l'extrémiste ? de Pierre-André Taguieff
Les Habits neufs du féminisme, de Sabine Prokhoris
La Post-vérité ou le dégoût du vrai, de Claudine Tiercelin
Nous dînerons en français, d'Albena Dimitrova
L'Or qui fait de l'or, d'Albena Dimitrova
Un amour sous la guerre, d'Olivier Jacquemond
Petite mystique du genre, de François Rastier
L'I.A. m'a tué, de François Rastier
Les Doux, d'Anguel Igov
Tu es là, d'Attica Guedj
Leader sociétal, de Michel Sapranides
Leader sociétal en 200 citations, de Michel Sapranides
La Vie toujours ailleurs, de Myriam Antaki
Les Poissons de Caracas, de Vicente Ulive-Schnell
Le Calligraphe d'Ispahan, d'Amir Hassan Cheheltan
Les Non-dits d'un conflit, de Daniel Sibony
L'Âge de l'enthousiasme, d'Angela Terzani
Haut les têtes, de Gabriel Saillard
Le Sud global à la dérive, de Renée Fregosi

PHOTOGRAPHIE, LIVRES ILLUSTRÉS

Idolâtrisme, de Jocelyn Bain Hogg
Les Enfants d'Abraham, d'Abbas
Tokyo Love Hello, de Chris Steele-Perkins
Toxi Food, de Sabine Pigalle
Festins libertins, de Sabine Pigalle
Protectors, de Sabine Pigalle
Coronabécédaire, de Sabine Pigalle
India notes, de Raghu Rai et Tiziano Terzani
Cinéma, de Xavier Lambours
Roland-Garros, fenêtre sur courts, de Stéphan Gladieu
De la guerre et de l'amour, de Fouad Elkoury
J'émerge, de Fouad Elkoury
Lettres kazakhes, de Guillaume Reynard et Jean-Claude Taki
Sotchi pour mémoire, de Guillaume Reynard et Jean-Claude Taki
Quarante-cinq histoires d'automobiles, de Magnum Photos et Bruno Gibert
Georges Aperghis : Avis de tempête, de Célia Houdart
Le Travail révélé de Sophie Prunier-Poulmaire (dir.)
Êtres au travail de Sophie Prunier-Poulmaire (dir.)
California Dreaming, de Naomi Harris et Yann Perreau
Under Gods, de Liz Hingley
La lutte continue, de Tomas van Houtryve
Mortem, d'Éric Atlan
Le Chant du Monstre, revue (n° 1, n° 2, n° 3)
Gueule d'Hexagone, du collectif Argos
S.A.P.E., d'Héctor Mediavilla
Terre de foot, d'Aurélien Abels Eber, Romain de La Bouvrie et Thomas de La Bouvrie
Les Bâtisseurs, de Jérôme Cabanel
It's not only Rock'n'Roll, de Catherine Viale et Mathias Moreau
Papa porte une robe, de Piotr Barsony
Marc Édito, l'homme idéal, de Piotr Barsony
Éloge des arborinidés, de Julien Nouveau
Spektrum Berlin, de Matthias Heiderich
Flying Blues, d'Emmanuelle Han
Rhizome, de Geraldine Jacques
EuroBus, de Taylor Holland
Parisian Gentleman, d'Hugo Jacomet
Italian Gentleman, d'Hugo Jacomet
Angelo Mariani, le vin de coca et la naissance de la publicité moderne, d'Aymon de Lestrange
Terres à vendre, de Cécile Cazenave (dir.) et Terra Project
Tribus du monde, d'Anne de Vandière
H/AND, d'Anne de Vandière
La Faune parisienne, de Caroline Dartiailh et Laure Didry
Ici prochainement : Sarajevo, d'Alban Lécuyer
Regarde où tu marches, collectif
Monstres médiévaux, de Damien et Maria Kempf
Chasseur de monstres médiévaux, de Damien Kempf
Utopia, de Carlo Bevilacqua
Personal Tattoo, de Sophie Le Berre
Bibliométéo, de Marthe Pequignot
Les Villes émotionnelles, de Julie Andrade et Audrey Zeilas
Mékong écoportrait, de Martin Bertrand
La Résidence, de Magali Delporte
Reverse, *Carnavals du monde*, d'Emmanuelle Rochard
Du coup y'a pas de soucis, de Laetitia Vassal.
Naturellement gnôle, de Theresa Bullmann et Laurent de Sutter

Du même auteur chez d'autres éditeurs

Le Grand Vizir de la nuit, Gallimard ; Folio
La Marquise des ombres, Olivier Orban ; Folio
L'Épiphanie des dieux, Gallimard ; Folio
L'Infidèle, Gallimard ; Folio
Le Jardin des Henderson, Gallimard ; Folio
Un amour fou, Olivier Orban ; Pocket
Le Rivage des adieux, Pygmalion ; Le Livre de Poche
La Piste des turquoises, Flammarion ; Le Livre de Poche
La Pointe aux tortues, Flammarion ; Le Livre de Poche
Lola, Plon ; Pocket
L'Ange noir, Plon ; Pocket
Le Salon de conversation, JC Lattès, avec Michèle Sarde
L'Initié, Plon ; Pocket
Les Dames de Brières : Les Dames de Brières, Albin Michel ; Le Livre de Poche
Les Dames de Brières : L'Étang du diable, Albin Michel ; Le Livre de Poche
Les Dames de Brières : La Fille du feu, Albin Michel ; Le Livre de Poche
Le Crépuscule des rois : La Rose d'Anjou, Albin Michel ; Le Livre de Poche
Le Crépuscule des rois : Reines de cœur, Albin Michel ; Le Livre de Poche
Le Crépuscule des rois : Les Lionnes d'Angleterre, Albin Michel ; Le Livre de Poche
La Bourbonnaise, Albin Michel ; Le Livre de Poche
Lord James, Albin Michel ; Le Livre de Poche
Le Gardien du phare, Albin Michel ; Le Livre de Poche
Le Roman d'Alia, Albin Michel ; Le Livre de Poche
Les Années Trianon, Albin Michel ; Le Livre de Poche
Merveilleuses, Albin Michel ; Le Livre de Poche
Le Siècle de Dieu, Albin Michel
La Bête, Albin Michel
D'or et de sang : la malédiction des Valois, Albin Michel
Moi, chevalier d'Éon, espionne du roi, Albin Michel

Louves de France, Albin Michel
Les Exilés de Byzance, Albin Michel
Un monde au-delà des hommes, Albin Michel

Achevé d'imprimer en août 2025
à Lonrai (61) par Normandie Roto Impression s.a.s.
N° d'impression : 2503804
Dépôt légal : troisième trimestre 2025
Couverture et composition : Lola Moustarde
Révisions : Alexa Trolliet

ÉDITIONS INTERVALLES
Direction éditoriale : Armand de Saint Sauveur
2 rue Bleue 75009 Paris France
Tel. : +33 1 53 43 83 30
www.editionsintervalles.com